挂在天上的琴弦

凌寒文集 3

林永望 著

广东旅游出版社

中国·广州

图书在版编目（CIP）数据

挂在天上的琴弦 / 林永望著. -- 广州：广东旅游出版社, 2024.12. -- (凌寒文集). -- ISBN 978-7-5570-3304-0

I. I217.2

中国国家版本馆CIP数据核字第2024RK8150号

出 版 人：刘志松
策划编辑：陈晓芬
责任编辑：陈晓芬　陈　吉
图片来源：林永望
封面书法：林永望
封面绘图：冯肇友
装帧设计：谭敏仪
责任校对：李瑞苑
责任技编：冼志良

挂在天上的琴弦：凌寒文集3
GUA ZAI TIANSHANG DE QINXIAN: LINGHAN WENJI 3

出版发行：广东旅游出版社
　　　　　（广州市荔湾区沙面北街71号首、二层）
邮　　编：510130
电　　话：020-87347732（总编室）　020-87348887（销售热线）
投稿邮箱：2026542779@qq.com
印　　刷：佛山家联印刷有限公司
　　　　　（佛山市南海区桂城街道三山新城科能路10号自编4号楼三层之一）
开　　本：787毫米×1092毫米　16开
字　　数：338千字
印　　张：20
版　　次：2024年12月第1次
印　　次：2024年12月第1次
定　　价：52.00元

[版权所有　侵权必究]

本书如有错页倒装等质量问题，请直接与印刷厂联系换书。

目 录

序一 ◎陈新文 / 01

序二 ◎钟民 / 04

序三 ◎纵新生 / 07

自序诗 / 11

第一章

照见 在绝望中寻求生命之光 / 001

我心向山 / 002

秋风画帘来 / 005

为谁痴心续残篇？ / 007

还给月亮…… / 009

感谢这低调的奢华 / 011

向你奔来 / 014

画你 / 019

邂逅排龙通麦 / 021

风来听钟 / 024

错扫琵琶 / 027

种上我的瓜和菜 / 028

对话死亡 / 030

一叶载梦 / 033

与暖风不离左右 / 035

终归大海 / 037

沉沦 / 040

风的形状 / 043

在乌镇，等一场烟雨…… / 045

一掬红衫 / 047

风雨亭 / 049

心种福田 / 052

品度平凡 / 054

花开一季 / 059

第二章

青春 泪水成了掌心里的雨点 / 061

去，寻找最真的自己 / 062

童话爱情 / 064

听说你要来 / 066

孤独的树 / 068

告白 / 071

远和近 / 072

别来几向 / 074

你，一直在我的笔端 / 076

汽车的回眸…… / 079

烟轻昼永 / 081

距离 / 083

告别五月的花海 / 084

比月光还要温柔…… / 087

花笑 / 089

花开三月 / 092

牵你的手 / 094

缘起，缘灭！ / 097

花瓣落地的声音 / 099

那一池睡莲 / 101

第三章

苦旅 梦魇所到地方崇阿莽莽 / 104

听见月光在歌唱 / 105

等一场台风…… / 107

以孤独为伴 / 109

穿越幽暗 / 113

远嫁他乡 / 116

温暖的故事…… / 118

莫日格勒河的斜阳 / 121

青衫仗剑 / 123

把岁月挂在笔尖 / 125

天堂湖不能解忧 / 128

心若坦荡 / 130

笑看秋声寥廓 / 133

对弈 / 138

葬身于是海 / 140

伪善 / 142

第四章

读墨 灞桥的柳梢上路遇夏花 / 146

玉桂开了 / 147

我自挥墨写牡丹 / 149

风起时…… / 152

夜雨丁香 / 154

潇湘雨 / 156

潇湘烟雨 / 158

桃花开了 / 161

你的模样…… / 163

饯辞 / 166

时光的守望 / 168

血色花冠 / 170

鼎 / 172

时间的剪纸 / 175

玉枕兰亭 / 177

走得足够远 / 179

秋天的童话 / 181

风信子的面纱 / 183

想你，宁静而美丽 / 185

镜月流虹 / 187

花开半夏 / 189

无题 / 191

无题二 / 192

上兰舟·白头 / 193

光摇潮生 / 195

春野 / 196

问红颜 / 197

梅开甲辰 / 198

茶花吟 / 199

夏荷 / 200

野渡 / 201

第五章

家园 让生命沉浸在岁月温柔 / 202

重拾儿时的味道 / 203

印象童年 / 205

觅 / 208

墨畅文舒 / 211

狂草 / 214

每一次相遇…… / 216

母亲 / 218

父亲的芒果 / 220

抢在被父母遗忘前 / 222

　　附文：汉字的姿态◎林文舒 / 225

梦回新疆 / 227

霖铃·思念 / 230

望乡 / 232

秋殇 / 234

想家了！…… / 236

迢递寄归人 / 239

古州的河埠 / 241

凭朱槛 / 244

器 / 245

珺璟光芒 / 247

第六章

宿命 定格意气风发衣袂飞扬 / 250

风华一指流砂 / 251

静读大雁南飞 / 253

方向 / 256

铜雀台 / 258

烟尘之外 / 261

掌心的紫荆 / 262

几时归去? / 263

孤独的剑 / 267

带你去看海 / 269

望不见故乡 / 271

把琴弦挂在天上 / 274

抚琴的人不在 / 276

人逢中元寄哀思 / 278

禅念 / 279

幻象·尘沙 / 281

题华清池 / 282

林月生 / 283

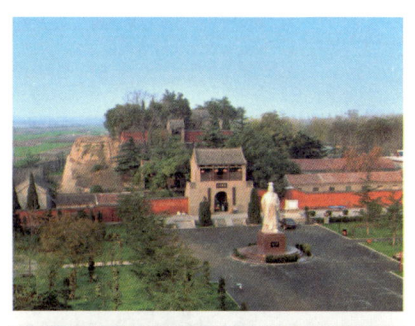

第七章 读者书评 / 285

向往诗与远方◎谢祚兵 / 286

年末的意外之喜◎陈婷 / 289

陌上花开,可缓缓归矣◎陈凯昊 / 291

初读不知诗中意◎何星星 / 293

典雅中透着古朴芳华◎伦雄良 / 296

后记 / 298

序一

◎陈新文

2003年，我在共青团佛山市委员会任副书记的时候开始认识永望，至今整整20年。20年来，永望在我的心目中，他有很多个角色。

他第一个角色，是《珠江时报》骑着叮叮当当破烂自行车采访的记者——到现在，我还记得他第一次来我办公室时的形象。现在，大家可能都已忘记永望曾经的这个身份——《珠江时报》的记者、编辑。今天我们说永望他的作品有很多，字数达1000万字之巨，估计有一半是他在当记者时发表的新闻稿件。永望是一个非常勤快的人，当记者时他几乎每天都有几篇稿件刊发，一直到现在，他虽然不在媒体工作了，但他还保留着极其旺盛的创作热情。

第二个角色，就是后来作为广东省第六批援藏干部的永望。他受组织选派去到西藏林芝参加援藏工作时，在西藏为当地老百姓做了很多实事。除了正常的行政工作外，永望先后在新华社、《人民日报》、中央电视台等媒体上，发表了数百篇关于广东援藏工作方面的新闻，策划、撰写并拍摄了《藏地飞鸿：采茶的小姑娘》《易贡之脉》《神仙居住的地方》等10多个电视新闻专题片，编印出版了《人文旅游》《援藏画册》等书籍，不遗余力地宣传西藏、宣传易贡、宣传广东援藏工作，成了西藏屋脊上一只受人喜欢的"百灵鸟"。

永望在援藏期间，还发起了近100人的"一对一、结对子"贫困学生帮扶计划。记得刚开始，他还专程回来找我寻求支持。我从希望工程的角度，给了他一些参考意见，并在佛山市内发动社会进行捐献活动，配合他的"一对一、结对子"帮扶项目的启动和推进。后来，还先后往西藏寄送了几批援助物资。

以上这些细节，让我认识和了解到"另一个真实的林永望"。他的"西藏情结"和援藏情怀，让人佩服和感动。最近一年里，因为工作需要，我先后数次到西藏林芝考察和慰问。每到一处，我总能听到当地党政干部和老百姓讲起永望援藏时的事，真应了"永望人不在西藏，但西藏还有永望的传说"。

01

第三个角色，是我一直没想到的，永望居然还是个诗人。永望先后出版过多本诗文集。他第一次把《何处是归程：凌寒文集》专程送给我时，我的确有些惊喜。我不会写诗，平时也很少阅读诗歌。但永望的诗集，我一直放在案头，有空的时候经常翻阅一番。永望的诗取材广泛。他会从不同角度，生活细节，或是历史背景，去抒发自己的理解和感悟。我们从这里面，不难看到其在古典诗词的素养，其应用也是信手拈来，长袖善舞。就像这首《烟雨土楼》："历史的年轮/一圈/一圈/宿命的轮回/一圈/一圈/这下不完的烟雨/这画不清的土楼/这读不尽的人生/一圈/一圈……"沧桑的笔触，浪漫的审美，隽永的意境。怎么也想不到，一个五大三粗的汉子能写出如此细腻的句子。

网上有一个平台叫"美篇"。永望平时会用"美篇"把他的作品配上音乐和照片，编辑发表出来与大家分享。有时候，永望会在发表之前，美其名曰叫我帮他把把关。我也经常跟他"鸡蛋里挑骨头"。有时候我告诉他"这个字写错了"。他说："哦，对哦。昨天喝多了。"有时候，我告诉他"这个字写错了"。他告诉我："没错，这是个通假字。"还有时候我告诉他"这个字写错了"。他说："我故意写错的，我觉得用这个字更能表达其中的意境和意思。"永望对文字的较真态度，是多么有趣味。这是诗歌的趣味，更是生活的趣味。

永望的诗集，我是认真阅读了的。他的诗很有个性，有自己的风格。

他的诗，我觉得有几个特点：一是他的诗词里面特别多"泪"字。一个大老爷们写诗动不动就有"泪"字，不免让人觉得有点遐想。但当你用心结合他的人生经历，去细读他的诗词时，你肯定会有另外一种感悟。一个大男人，小的时候说"泪"，那是"少年不知愁滋味，为赋新诗强说愁"。长大后，经历多了，再说"泪"。"泪"就充满多情，是酸楚，是壮志，是很难酬。可能，永望的心中充满太多太多的追求和梦想。

二是他的诗词喜欢用"……"，而且每首诗都用。我们知道有一个著名作家当年写作某部著名小说时，也喜欢用省略号，表达"此处省略1万字"。永望用省略号，大概也异曲同工。比如那首悼念袁隆平的《国殇·悼袁公》一诗中，先后使用了5次省略号。"空谷幽兰……"，你会感到后面的香味一直在绵延。"胸中的悲怆……"，你会感到悲怆在深谷里一直在回响。"壮志……"，你又会感受到直冲云霄的豪情。"……"，在他的诗词里面，意味非常深远，也有着无限的想象空间。

所以，我觉得永望的作品，其实写的都是自己的情怀，写自己的生活，写自己内心的一种反常。

　　我还想说，永望在我的心目中，是一个大男孩。但如果把他的诗作中的"作者：林永望"几字去掉，你又会觉得他是一个"婉约派的小女子"。别看永望个头很大，但是他的内心里面又是极其的细腻。在他的笔触里，不管是捕捉一些人物、一些景观、一些历史的细节，或是捕捉一些生活中的点点滴滴，他都会在他的文笔中、笔触中，表现出很多这种多愁善感，这既是对生活的关注，同时又是对未来、对希望、对乐观的表达。

　　当然，永望还是一个能量很大的"宝藏男孩"。他交际广、认知博，书法也写得非常好，音乐创作方面也有着很深的造诣。我们从他的作品中不难看出，新闻、诗歌、散文、小说、摄影、书法、绘画、音乐，林林总总，涉猎广泛。这非常了不起。他在佛山土生土长，是这块土地培养出来的骄傲。我觉得，这样的一个林永望，是一个有血有肉的林永望，是一个多姿多彩的林永望，是我们人人可以去效仿、可以去深交、可以去引为知己的林永望……

　　听说，永望在出版《挂在天上的琴弦：凌寒文集3》的同时，还出版了专门题写国内各景点的诗文集《行吟中国：凌寒诗文精选》，我很乐意向读者们推荐他的诗集，也渴望早日一睹为快。在此，诚挚祝贺永望《挂在天上的琴弦：凌寒文集3》《行吟中国：凌寒诗文精选》成功出版。

　　是为序。

2023年4月22日

注：以上序文，为陈新文受邀参加第五届"广佛同城共读"·佛山作家作品推荐活动《陌上花开：凌寒文集2》新书发布暨诗歌赏析会作为嘉宾的发言修改稿。

序二

◎钟民

　　读永望兄的诗集有一种激荡心灵的感悟，有与其同悲，与其共喜，或是放纵，或是缠绵的身临其境，有一种与不羁、洒脱的灵魂对话的感觉。我觉得，从古到今，唯有用汉字的诗歌才能表达最丰富、最生动、最传神、最深邃、最有趣的人的思想，而永望兄就是一个愿意用诗歌表达其丰富内心、有趣灵魂的"诗客"。

　　我与永望兄的交往当然从十多年前一起作为广东省第六批援藏干部，前往西藏林芝参加援藏工作算起。而因为工作与共事的关系，我眼中的永望是个豪爽、洒脱，又有才情的好兄弟，没有高谈阔论却不时金句连篇，他内心有一个侠客的灵魂。"一蓑烟雨问君忧/心未死/志难酬/剑折弦断甲胄旧/槊血满袖"（摘自《梦小楼》）。"闭上眼/耳畔/似有号角声声/猎鹰划过长空/心潮伴随着战鼓阵阵/马鸣和旌旗/被箭矢/射中思乡的月光"（摘自《玉门关叹》）。"青锋剑/风沙漠边/天涯寒月客惆怅/青衣一骑度关山"（摘自《月满西楼》）。"霜露负剑，青衣饮马寒江，匆匆那年。"（摘自《深秋尼洋》）仿佛远看一位青衣侠客，一人一骑，随心所向，仗剑江湖。侠客豪迈多喜酒，永望亦然，在好友聚会上常举杯忆往事叙今朝，兴致到时还会拍案吟唱。"举杯笑惊鸿/长啸皓月畅饮/回望来路/恰似孤鹜漂泊不定"（摘自《长白山天池的梦呓》）。"寒梅入喉雪愁晚/举杯强欢/辚辚车马长街/醉不尽繁华一黄粱"（摘自《夜泊瓜州》）。"潦倒漂泊江湖吟，我携酒独行！看岁月流金，悄然离去，奈何薄暮冥冥。"（摘自《人生如戏》）"杯杓遥举问桂殿；何日金宵共枕眠？人间有信鹊难渡，犹记春风入梦乡。"（摘自《问天》）永望兄喜酒却并不酗酒，可能诗人的思潮澎湃不已，唯有酒入喉腹升起的血脉翻腾才能驾驭这不羁。酒更能助兴，辛辣之味、回甘香醇能让味蕾刺激奔放的思绪，一发不可收拾。诗人的情绪是多变的，口中的酒也随之丰富起来，或醇甜，或麻辣，或苦涩，或乏味，不知是酒的味道影响了诗人的情绪，还是诗人的情绪影响了味蕾的敏感。

　　诗客必须多情。情，是诗人的内在，是诗人的宣泄，是诗人的灵魂。永望兄的情在西藏，在旅途，在亲人孩子身上。用情至深才能用生动的词句表达情感，用优美的诗歌抒发胸臆，寄托精神。诗人闻一多先生曾说："诗人对诗的贡献是次要问题，重要的是使人精神有所寄托。"清代纳兰性德在《渌水亭杂识》中谈及"诗乃心声，性情中事也"，极为贴切。"有人说，敦煌无处不飞天；而那飘飘彩带呀，是墨脱借来的云雾，妙曼婀娜，光彩夺目；那襟绸，是卓玛拉倒悬的瀑布，典雅庄重，雍容大度；那臂环，是果果塘的晨曦玉露，凤鸣麟出，冰肌雪肤。"（摘自《墨脱》）"漫步尼洋，看层林尽染。轻纱淡雾一水间，别来无恙，携二两清茶，再相见，有泪飞云天，笑了欢颜。"（摘自《深秋尼洋》）"赴你之约/在那高岗之上/在那白云之巅/朝尘光生/照破万里河山/以爱之名/赴你今生今世之约定/赴你之约/在那回眸云烟/在那记忆深渊/停留时间/生命写进信仰/以爱之光/赴你今生今世之约定"（摘自《赴你之约——写给援藏干部的情书》）。诗人永望对西藏林芝念念不忘，常见于梦境，常牵引了思绪，唯有情深入梦来。诗客多情，可能是美景面前有感而发，可能是某境遇击中了内心某处柔软，也可能是恍惚中的某种神谕，所以说诗客的情是性感，也是感性。"岳阳楼畔/小乔墓前/早起的秋霜/在狗尾巴草挂上/挂上风的思念/一滴珠泪/露点/折射着清晨的/第一米/阳光……"（摘自《洞庭观月》）。"你不必哀伤/也不用落寞/我本就是广寒冰魂素魄/只因这/宿世情缘坠入娑婆/最后/沉溺在你的/爱河"（摘自《魔鬼之眼》）。"残阳是红的/血腥/杀戮……/没有风/玄武门里听不到厮杀/而这带血的土地城垣/有刀剑铮鸣摩刻/似乎在告诉世人/历史/就在那里/不曾远离/只是人心离开了"（摘自《喋血玄武》）。"没有海浪的大漠/也不平静/就连文人的诗词歌赋/掉落地上/也会很快被黄沙掩盖/埋葬/最后/却刻进了岁月的灵魂……"（《摘自玉门关叹》）。

　　诗客之情除了寄寓山水，除了感叹造物，还有对亲友的深沉的爱。永望兄是一名儿子，亦是一位父亲。永望兄的父亲是学者，是校长，是永望从小崇拜的存在，父亲严厉的审爱并没有妨碍他若干年后成为别人眼中的慈父。他也用诗歌记录着对父亲的深沉，和对儿子成长的陪伴。"父爱是记忆/我是泪眼/你用星光刻录/永恒不朽的生命/而我呀/用褪色的照片/折射时空的剪影/请山峦/照看我停下的脚印/让清风带上/我的芬芳/托流水捎去/我对你最深的思念"（摘自《父爱》）。"桃子成熟了/种桃的父亲/担心着隔壁村的二狗又来偷桃/就连不会爬树的狗/也一起讨厌/他想，我偷桃的时候/你还没出生"（摘自《偷桃的小孩》）。"就盼你，共社稷/脚踏实地自强不息/厚积成器腾空而起/天荆地棘顶天立地/我与你，共一体/表里如一磨砻淬砺/多闻阙疑干干翼翼/人生若寄生死相依"（摘自《看你就像看到我自己——写给儿子的一首歌》）。

喜书善诗好酒的永望兄在游历多年后，重回西藏林芝，筑起了他心中的宿站，起名"凌云客"。正如客栈名字一般，诗书溢发凌云志，落客守得凡尘心。或许在字里行间，诗客正以有趣的灵魂诉说"笑看琉璃浮华世，抽身虚怀无垢依"的感悟。

"扁舟一叶空杳淼，诗酒琴棋素弦调。醉里幽梦敬浮沉，自在天地乐为钓。"在此，借用永望诗作《凌云客歌·醉今宵》作为结束。

是为序。

2023年12月15日于广东省实验中学珠海分校

序三

◎纵新生

姻缘相遇，因遇相知。

五年多前，在甘肃张掖，经国家一级美术师、中国书法家协会会员、甘肃省书法家协会副主席、甘肃省书画研究院副院长王训端先生的介绍，有缘和林永望相识。交往至今，情温不减。

前日，突然接到永望友人的电话，商量给他的又一新诗集写序。在电话的这头，我既为永望的新文集出版高兴，又为自己的文化水平和能力感到不自信。但，我确实又想为他写点什么？故，在此我只能谈点自己的感受，说得不好或有不对之处，还请众方家和读者见谅。致歉意！

记得刚刚认识永望，我赠送他我自己创作和出版的书籍。但想不到，在用餐期间，他利用配餐前的空隙，翻阅了我的书文。刚开始，我以为这只是他对我的一种尊重罢了，但令我想不到和大为赞叹甚至是震惊的，是在接下来的用餐期交流中，他不时引用我作品的内文，倒背如流，且恰到好处。特别是他在捕捉关键词或选摘内文章段上，尤为精准到位；再结合他自己的认知和观点，加以演绎，更是入木三分，让人击节叫好！故此，我对他的博闻强记之能，记忆犹新，深感叹服……

我与永望工作经历较为相似，早年从事文字工作，后再进入机关。同时，最为难得的是，我与他除好诗文外，还均好书画、文艺和摄影等，涉猎甚广。虽然我们年龄相差较大，但由于兴趣爱好一致，所以在后面的接触和交流中，我与他成为莫逆和真真正正的"忘年交"。特别值得一提的是，在他近年来先后出版的《何处是归程：凌寒文集》和《陌上花开：凌寒文集2》等文集即将准备出版时，他都嘱咐我为其新文集封面绘画配图；当时，我二话不说，先后为其文集分别创作了数幅国画供选，并最终一致敲定作品。说到这事，至今还让我觉得这是一种文人之间的幸事，并由此成了我与其他文友交流时雅趣之谈资。记得当时，王训端院长为永望的《何处是归程：凌寒文集》题字时，还一再说永望真性情，懂情趣，有文采，深值一交。我一直记得现已故去的老院长王训端当时提笔，边题写"何处是归程"书目书法、边说话的情景，历历在目，尤如眼前……

关于文章，王训端院长喜欢永望写的散文和游记，而我却偏好他的诗歌。特别是他用古典诗词写现代诗的这一探索，更是难能可贵。"朱熹弦歌不辍/闻满庭书声成律/嗅得草木香气/颂唱着是历史的厚度/尘寰星光凄迷/烟雨不息"（摘自《潇湘雨》）。在他的诗中，语法的应用和平仄、对仗都和谐流畅，诸多诗例就不一一赘述了。

当我们读到这韵味十足、古意盎然的词句时，也不免代入其中，成了唐宋时期或是魏晋时的"穿越者"？就如他在《品度平凡——谒大雁塔慈恩寺》一诗中所写的，"在大雁塔旁/是李白/唱过的月亮/沉香亭北倚阑干/春风无限……/是白居易/慈恩塔下题名处/十七人中最少年的地方"一样，有如旁观者，审阅着岁月历史。回眸间，永望已在灞桥折柳，在咸阳古道送别了，"在西行的列车上/记忆火苗/点燃/灞桥折柳的目光/窗外身影/拂过原野山峦/河流和春天……"

"心有方向/如约飞奔/看渔火斑斓万顷/礁石上的守望/让孤郁心情/在无边的寥廓中/感受博大沉凝//内心/终归大海/每一次远行/代表着/又少了一个遗恨/目光所及/满眼星辰……"（摘自《终归大海》）。经过多年交往，我更深地认识到一个有血有肉的林永望。他真的是一个性情中人，有超同龄人的勤奋和好学之磨砺，学识渊博，才高而有谦谦君子之美。故此，他在我心中独占优势为我楷模，愿存一席之地。真应了他所写的"如果可以窃闻/我愿偷得/偷得三分才华横溢/渲染笔下浅浅沧桑/婉约成词的脉脉温香/刻划情感盛宴荼蘼/抒发风月/短暂绚丽……"（摘自《去，寻找最真的自己》）。他重情重义，对人性和情感写的是入木三分，刻骨相思。说来，这也许就是他吸引我的地方吧。

近年来，我已习惯在床头上放一本永望的诗集，入睡前翻阅一番。每每阅读他的作品，都有新的感受，总有一种回味无穷的感觉，其诗文对个人情感的唤醒和共鸣，能给我增砖添瓦、启迪良多。有时，总想拿他来对比，又不知道与谁对比，真是一种很奇怪又很玄乎的感觉。他即将付梓出版的这本《挂在天上的琴弦：凌寒文集3》，在我读来更为突出，每首诗的主体鲜明易懂，内容丰富，跌宕起伏，阅后感慨颇多。似是在吸纳新鲜空气，吐出二氧化碳，又有质朴生动接地气的故事，内容活灵活现，举一反三并折射出生活的无限亮点。就如他在《告别五月的花海》所写："站在五月的边缘/一半是回忆/一半是希望/阔步高谈/明月惊鹊听鸣蝉/火如点/水如烟//六月还未开端/仰起面孔/却怎么也看不见终点/没人注意到/一粒种子的深情隐藏/隐藏在夏花之间……"

诗人的父爱如山，稳重，深沉；高大而雄伟，清澈而甘甜。你看他是这样写给他的儿子和激励他的儿子的，"我煌煌天朝炎黄/气象万千/众志成城/同呼吸共命运奋发图强/彰丹襟/碧文胆/描摹巍巍昆仑龙姿风采/孕育黄河长江/浸润万里/雄奇连绵/血脉气节在甲骨传承/华夏儿郎/斗志昂扬//西北望/射天狼/驾辀乘雷/横扫六合饮龙泉/搏虎骑鲸/重书血泪馨简/挺起不屈民族脊梁……"（摘自《墨畅文舒》）其意、境，融汇合一，寓意生动，客观高雅，透出了诗人对爱的深度理解和剖析；以小见大地诠释了作品主人公对儿子未来多有寄托和鼓励的真情实感，这真实写照，情感发挥到了极致，让读者浮想联翩而大饱眼福和收获，发挥了文学作品宣传价值。而且在他的作品中，旋律和节奏及符点，掌控得更是恰到好处，惟妙惟肖，感人至深而又娓娓动听。就如他在《觅》一诗中的引子所写："半世清贫半世忧。转眼又是一年周，望着儿子生日烛影，内心很想'葛优'，奈何躺平无法消愁；环顾老小家室，一眼袋口，一声叹息，怅惘……睡吧，明天还要早起奔走！"哈哈，这就是有血有肉、真实的林永望。

"握手都市繁华/咽下一半人间尘烟/追逐云上天堂/内心一半积雪终年/人在他乡/心底/住着一个回不去的故园/鞭长驾远/一曲阳关"（摘自《觅》）。永望的诗歌、散文，言语流畅而接地气；对诗词的点化、成熟，达到了炉火纯青的程度。同时，他又能揪着你的情感不放，让你欲罢不能，"三杯清水/酿一世混浊浓醇/沉沦/两袖清风/读漂泊过客人生/困顿/成就迷茫天空/有星星烁闪晦明/那是你的眼睛/萦惑？/晶莹！……"有时想来，这家伙还真挺"可恶"的。该打！

说到个体，对林永望本人。他是一个很有眼缘的人，当你与他碰面的那第一眼，你就能对他产生好感，觉得对上了眼。这，或者就是他的个人魅力吧！说来也奇怪，平时我与其他人，特别是与陌生人接触和交流时，并不是一个容易认同别人的人；但林永望在我的生命线上确实是个特殊的人，待人接物落落大方，天文地理无所不知。第一次的见面和交流，他就已经征服了我。在我眼里，他彬彬有礼，是一个有道有德、风趣幽默、活泼可爱又可亲可敬的好老弟。——这也许就是前世因果，赐福于我的今天和明天吧！似乎扯远了。

对于永望的诗我深是仰慕，让我拜他为师也一点不为过。我非常清楚，就我个人的学历、水平和能力，对于他的诗歌作品，我真的不敢妄加评点，但是作为朋友，我又是责无旁贷，应该给予他关心支持帮助，这是天经地义的事。话说，林永望今天的成就，这是和他早年用功分不开的，琴棋书画，多方努力刻苦，博览古今中外名著书籍获得了丰盛营养价值，才有他现在这般文学修养和艺术文化素养。

《天上鲁朗》《雪域蓝》《进藏干部之歌》《追风少年》等，君不见永望在音乐、书画上的水平能力，其作品在圈内深受喜爱和追捧。有读书万卷精神，能坚持刻苦钻研生活的真谛，才有下笔有神的功底。年复一年，日复一日，很显然这些离不开"童子功"打下的良好基础，聚沙成塔，才成就了永望今天的辉煌。他的每一部作品都展现着精益求精、尽心尽力的高质量要求，包括设计装帧都一丝不苟，争取完美无瑕。永望对生活的认知，把握精准，能够紧跟时代潮流，瞄准生活定位，用作品捍卫文学的纯洁性。其站位高，能深刻把握住文学的价值观，呼吁为文者应反映真实的东西，尊重生活。这是非常可贵的。

在永望诸多的作品中，捧给你更多的是，弘扬民族精神，鼓舞士气，崇尚赞美。他创作了许许多多有骨有肉，有德有度的优秀文艺作品。他的作品，为人类社会提供良好诵读价值和社会效应，符合我国长期以来，"文艺作品应服务群众"的"百花齐放，百家争鸣"方针和要求，用巧妙的笔墨来谱写民族励士气的篇章。总之，他兼收并蓄，博采众长。正确处理形式和内容的关系，用巧妙的笔墨奉献给了读者明晰的概念，使读者享受到了愉悦的精神粮食。我个人认为他就是用心良苦，不达目标不罢休的这么一个人。

我们期待《挂在天上的琴弦：凌寒文集3》的正式出版和发行。在此，衷心祝贺！

以上，权作为《序》。

2023年12月3日于甘肃张掖

自序诗

鼓枻
——题寒山斋

　　春天盛大的花事已经收场，残红落尽。立夏，湿热的风，从海岸线吹来，唤醒了枝头的果实。
　　探向季节的窗棂，与春天挥一挥手，让时间煮雨送它归去！……
　　是为引。

2023年5月6日于佛山寒山斋

竹帘半卷花落尽，
一钓平江帆影新；
荷上蜻蜓逐夏雨，
鼓枻茗香调素琴。

胸有四海水为弦，
腹藏书诗万古流；
纵是青云不得志，
三千风月写春秋。

第一章

照见
在绝望中寻求生命之光

苍崖孤舟远渚,
秋风画帘来。
城下谁起双泪笛中哀?

我心向山
——写于西藏阿里札达土林

用泪
接待衣裳
把秋霜
酿成苦酒
挂在古格王朝的箭垛上
于是，月亮
被风沙捏成酒靥
在古丝绸的十字路口
你用时光
刻划成沟壑
　慢慢
　流淌……
夜阑珊
觥筹交错
忆过往
极目南天
曾干霄凌云
　一往无前
梦想吞风吐月
　扶摇直上
奈何人间沧桑
　濯缨沧浪
落下个壮志难酬
　遍体鳞伤……

大藏经盛开的地方
雪莲
每一朵花瓣

第一章　照见〉在绝望中寻求生命之光

都是拜谒礼佛的哈达
　　迎风荡漾
　　圣洁庄严……
望三江之水
我心向山
在昆仑之巅
有神树
九乌可攀
这不是神界
更胜神界的神秘西藏！……
在冈仁波齐朝圣
在狮泉河畔经转
在玛旁雍措礼赞
我非人峰
没有一览众山
　　概念
只有天地广阔

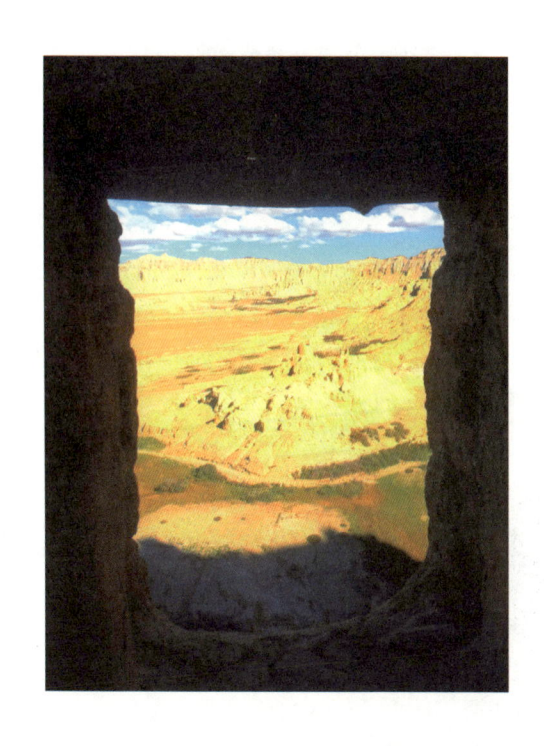

003

人世渺小之怅惘
话初开
说苍茫
这亿万年前
洪水浊浪一片
汪洋
有女娲补天
砺炼
造就这
雨水冲刷奇特景观
任韶光荏苒
尘涓
……

时间不语
　回答所有
岁月不言
　见证美丑
穿过荒芜
抵达内心宁静温柔
放下期待
无惧得失争斗
人生
安于无常优游
重获自由
阆苑琼楼……
……
……

作者注：

　　札达土林位于中国西藏阿里地区札达县境内，是札达县最著名的地貌风光区，是世界上最典型、分布面积最大的第三系地层风化形成的土林。

2023年5月21日

第一章 照见/在绝望中寻求生命之光

秋风画帘来
——甲辰榕江

山歌对影水徘徊，
一曲相思鼓楼动清籁；
莫是前生心未改，
篝火残月溪桥霜色白。
诗酒长啸，
寒江天外；
等伊来，
空遗爱……

君别清尊向高台。
故人今何在？

五榕萨满祠前，
看莺穿柳带。
问乡关迢递谁与寄？
独石回澜潜慨，
怅惜都江飞舫，
断霞散彩。

苍崖孤舟远渚，
秋风画帘来。
城下谁起双泪笛中哀？
哪堪霜雪沉浮，
醉里惊从净洗旧尘埃；
荡霁霭，
梦萦裁。
几度中秋数十载，
应照瀛海蓬莱；
雁已西飞，
烟霄敛黛，
散作太虚星斗避光彩……
……

2023年8月7日于寒山斋

为谁痴心续残篇?
——岁末洞庭听雪

旧岁遒宇
天气如水华裳
少年披一袭月光
深邃眸眼
渊渟岳峙戎装
寄半阕相思庭院
今朝天涯那边?
朱阁红颜
落花清影独思量
断了芳肠

清泪洒薄
锦瑟繁弦
看掌心轻卷画帘
翻转江南倚阑哀音怨
夜未央
影难双
一襟幽事
紫系红线
洒秋风冬雪情丝万千
离人绕指缠

评写宿命笔端
应劫执念
梦回那世十里桂花香
恍若盛开白莲
问星空弦月
半夜鸣蝉

挂在天上的琴弦：凌寒文集 3

为谁续残篇？
三万缱绻
镌刻痴心一片
最是柔婉素笺疏浅话凄凉
诉胭脂色淡
琵琶轻弹歌阑珊
谁共醉
恨离殇
愿与子携手同归
寒夜青灯暮残年
吟骨魂销
古道伴斜阳……
……

2024年1月22日于岳阳楼下

还给月亮……

在离天
最近的地方
祈祷平安吉祥
让心灵归宿
沐浴阳光
感受自己的存在
净化禅意如明镜照见
宁静自然
给人归零朴素
无忧无繁

掏空
宽恕和怀念
简约浮华嚣喧
花开心田
一种无为舒畅的感觉
涤荡
宿命欲望无常

忆今来古往
岁月漫漫
流水宴席的人生里
总有一些片段
直指当年
行云流水的画帧
滑过眼前

时间
悄无声息

旋律悠扬
镜花催老容颜
被底影漂黄
改变了
最初的模样

噬蚀佛像
妄图想证明什么?
风沙痕迹永恒不变
留下日记
血液里的满腹沧桑
有如旷野跋涉
看寂寞风吹绝望
目光
伸向远方……

黑暗
意外捡到的光
寂寥而冗长
在影子里孤单
你的眸眼
挥洒星河浩瀚
天亮
终归要
还给月亮……
……

2024年2月20日 于寒山斋

感谢这低调的奢华
——甲辰春分榕江随想

我踏青而来
柳条如兰
让冰冻的小河追随徘徊
感谢这
低调的奢华
在三月春暖花开
这是外婆
对山丘思念的固态
也是母亲
对女儿出嫁
含泪亲吻红腮
感恩拥有
珍惜当下
趁韶华尚在
独上高楼旧亭台

每一场
春雨都滋润嫩芽
每一缕
阳光都照耀秧苗红隘
这被吹醒的浅黛
含蓄隽永
品味岁月长短宽窄
有如
飞云过霭
在晌午时光
把字体分寄寒斋
读峰塔高尘世外
邂逅蝶影
感慨
人生中的每一片花海……

横看人来人往
家乡何在?

第一章 照见／在绝望中寻求生命之光

一曲相思笔浓
欲话离怀
小桥木鼓侗家溪
不要等待
一起醉梦榕江苗寨
笙歌外
燕归来
潺潺流水纤手摘
顾怜云起雾舒
雅羡林泉胜概
把浮躁弃置一边
翻阅明月天籁
让心灵安放
这高山流水的原始生态

客居耄耋归途
一梦檐冰雨苔
往事难猜
迷糊敲响夕照庭槐
踮起脚尖张望
门扉已败
故人不待
假装你不在家
仰望悲空向蓬莱
山一带
水一派
花为年年春易改
风过人间
残墙草瓦
惟有酒千杯
松鹤苍岭共华盖
梨花初绽白……

2024年3月20日

向你奔来
——立冬前夕于珠峰大本营

想你的风
从南国海滨
吹到了雪域珠峰
向你奔来
脚如星火七彩流银
轻裹夜的灵魂
离鸿相应
不惧黑暗
共赏这沿途风景
并肩同行
不畏艰险
共赴这美好的约定

二

万里征程
就像星辰奔赴大海
向死而生

第一章 照见〉在绝望中寻求生命之光

扛起山顶琼琚暮沈
填满你
孤寂内心
在圣洁宁静的西藏
遇见风云
8848个天水薄雾幻梦
被收集在佩枯措
感慨沧海一鳞
狼毒草下面
蜥蜴隔帘倾听
零距离拥抱高原冰塔林

在有风的海拔5500
看希夏邦马峰日落
念故人
空余恨……
不为信仰
只为找回自己的缘分
每一个前往的我们
注定
要见证
这一场永恒
纯净……

这就是秋冬的味道
萧瑟而多情
层波潋滟远山横
看你薄妆傅粉
百媚千红
如春暖花开
绽放轻盈
又如明月一轮
目光温柔
消魂……

二

一步一笑一眸
这迎风花朵
有如清波
唱响情歌
这皎洁的冰魄
是情人的手
　　抚摸
　　心底
　　每一个角落……
恰似时光划过
　　眷墨
　　流韵
　　温柔直抵岁月蹉跎……

一瞬一夜一季
这世界婆娑
星落希望
灯影萧索
堪惜流年暗香约
别后黄花衰草

永漏迢迢
寂寞几回寄良宵
跨越千年猜想
梦应清和
怎奈榭台已老
雨歇天高
遗憾终被化解
追思往昔光阴多少?
　暮云过
　淡泊
　和我……

三

影斜了
凭栏独倚
星星也走丢了
黯黯天际
谁解相思意?
柳丝无力
极目南柱渺渺千里
我在等云开
看霞光浅照金碧
日出妖丽
而我内心
残灯明灭霜满席
伫立长堤
孤烟无以寄

盼波声渔笛
期待穷尽四极
闻野猿啼
问归期

月痕低

雪舞林际依稀……

我在等

北雁征鸿启

也在等

一场风起

等那一场落叶如洗

跟我的心一样

洒满一地

就像无根的萍

好向清溪

追随流水

一路向东或向西

来一趟

说走就走的旅行游历

其实，没有目的

也没关系

就像眼泪

走丢了也没关系

反正也不会有人在意

还以为

这是空中零乱的花露

为谁而哭泣……

……

作者注：

    1. 珠峰大本营，是指为观看珠峰核心区环境而设立的生活地带，海拔5200米，与珠峰峰顶的直线距离约19公里。

    2. 佩枯错，是珠峰保护区内最大的内陆湖泊，面积约300平方公里，海拔4590米。

    3. 希夏邦马峰，海拔8027米，在世界排名第14位，也是唯一一座完全在中国境内的8000米级高峰。

2023年11月7日

画你
——谒蔚县释迦寺

我提笔画你
是城南的烟雨
水墨林溪
晕染
脉脉含情轻轻细说与
听
松风鹤唳
晚来归梦细弦语
正是夜阑
谈笑清寰宇

不管是天上或者地狱
芸芸众生

第一章 照见／在绝望中寻求生命之光

殊方异域
我独写你传奇
空谷幽居
心香若莲随缘而聚
来去空空
了无痕迹
三千世界诸云过
万般幻象是迷离

宿醒披蓑诗箫寄
谁读烦郁？
半檐青苔柳吐绿
似镜内眸眼阶兰玉
无人春自芳
雅意怜羁旅
寻不遇
筝求侣
远峰枯树夕阳照疏密
终是
残霞一缕……
……

作者注：

　　释迦寺，坐落于河北省蔚县城南。寺名源自其内后殿供奉的释迦牟尼涅槃像，它是蔚州古城现存最早的寺庙之一，更是蔚县唯一保留的元代古建筑。

2024年2月11日

第一章 照见／在绝望中寻求生命之光

邂逅排龙通麦

　　再次经过318国道林芝排龙通麦天险，眼前的隧道桥梁，把原本车程四五个小时的"死亡天险"缩短到20分钟。回想当年，作为广东省第六批援藏干部，我的驻地就在天险必经之路——波密，感慨万千，深感"萧瑟秋风今又是，换了人间"。

　　是为引。

2023年6月3日于鲁朗凌云客

哪一次巨大的灾难
不是以
历史进步为补偿？
多难兴邦
过去
多少人来人往
经历那
惊心动魄排龙通麦天险
大大小小老虎嘴
新生填完
填完新生
　　塌方
　　死亡……
鲜花羡萱
又有多少人
谈笑指点
享受现在的荣光与辉煌？……

客读寄江山
无声叹息
你幽静眸眼

021

抚摸我肌肤唇线
帕隆藏布
落寞苍凉
透着疏离的美艳
韵染水墨丹青
有秀发风中摇曳缱绻
走在峡谷间
感受自己的渺小
匍伏膜拜于大自然
　　神奇
　　伟岸！……

要么旅行
烹制烟火人间

第一章 照见／在绝望中寻求生命之光

酸甜苦辣柴米油盐
让身心
放纵极目沧浪
要么读书
给绚丽诗篇
牵手一缕阳光
在笔墨秋日色彩描边
岁月浮沉
生命清欢
身体和灵魂
必须有一个在路上
别吝啬脸颊上扬
揽清风入怀
即使沧桑拂面……

这天
有几只鸟雀飞来
送一批壁纸水佩风裳
我把今日借给过往
掬捧落叶
送你艳阳
倾情于这空寂幽谷
不记忧伤
弹一曲唐风宋雨
静语不言
心中自有清凉
于午后林间
　　摇床
　　梦靥
有口水
在嘴角流淌
成了雅鲁藏布江
　　溶溶波光……
　　……

风来听钟
——拜谒龙首山福寿宫

走来，
从喧嚣凡尘，
披潇潇烟雨一身；
截薄凉几缕，
褪芳菲落红，
缤纷。
在福寿宫，
顺着间阊天门，
看袅袅瑞霭氤氲，
勾勒道法自然以雌守雄；
刚柔并济为而不争，

虚其心,
接近山野灵魂。

拾阶上,
观岳揽胜。
修清静无为返朴归真,
回归见素抱朴少私寡欲途径,
养毓秀钟灵。
鉴灰墙黛瓦故舍,
雕梁画栋,
含关东文化烙痕;
飞檐斗拱,
藏道义要领韬精。
环视于龙首南,
孕辽水一湾匆匆,
扑面浅墨透浸;
博远深蕴,
岁月庄严神圣之境……

穿越千万年海枯石烂,
北溪亭边醉乡中。
拂柳飘萍,
轻盈;
随扶摇婀娜旋停,
有如初见你长袖舞韵……
信步所至,
随萤虫,
寻一花一草;
跟浮生,
逐半梦半醒。
风来听钟,
雨落品茶;
是谁的寂寞离愁成阵,
点缀那一地白色,

凄清……

陌上绿成荫。
缘分，
总叹花无声。
笑悲伤模糊月华刻骨，
遗温柔残雪新恨……
薄凉处，
红尘已凋零；
仰辰宿无数眸碎远，
听暗香涌动，
笔岸浅浅低吟；
有流云盈胸，
沐天地之无穷。
夜阑静，
星汉迥；
端起今日酒杯，
斟满过去苦涩碑文；
仰头喝下，
明天的宿命，
归程……

作者注：

　　福寿宫坐落于吉林省辽源市龙首山南麓，是东北最大的道观之一，被誉为"华夏玄门第一楼"的辽源魁星楼便矗立于此。

2024年4月14日于寒山斋

错扫琵琶

北望策马西风
一水如绳
背孤城
霜天冷
雨过月华生
欲去愁眉
不堪回首半塌桃笙

极目远眺
天外云峰
拔须咽饮大漠残烟醒
醉把酒更
玉髯翁
忆秦筝
斜挎朝暮归程

错扫琵琶数声
粉泪笔下逢
剑啸飞蓬
斗转冰轮未正
羁旅关河征鸿
听落日独白
画楼宿妆怨犹同
江静水寒相思梦
锦被钗横

2024年5月21日于西藏凌云客酒店

种上我的瓜和菜
——写给色达的红房子

生命,
有光同在。
泥土香气的节日,
有看不完的风景瑰迈。
风起时,
春暖花开,
正是生命传播起点,
生长的叶脉。
我想,拔了这片小麦,
种上我的瓜和菜,
看看秋天,
有没有收成饱载?

有了生命,
还会寂寞孤独?
当色达的红房子,
遇见水蓝色星球上,
最后一片净土。
当信仰,
遇上神圣⋯⋯
漫步在雪山草场,
溪流湖泊画卷中,
去寻找,
自己的天空;
岁月的童话,
七彩玲珑⋯⋯
我觉得,
幸福是,

第一章 照见／在绝望中寻求生命之光

我在人群里，
总能一眼看到你！
爱你是，
心生念处，
即福田！
——想你，
　　念你。
　　我的爱人，
　　我的家园！

在你深情的目光，
注视下，
用一杯咖啡的时间，
鉴定了，
我们会是很好的旅伴。
在高反窒息场域，
苦苦追问寻觅，
心中的圣地！
在放弃和坚持的边缘犹豫，
总是被，
悄然出现的阳光牵记！
你走，
或留。
与心情无关！
只取决于，
天公是否作美？
——风和日丽，
　　万里鹏翼。

作者注：

　　色达的红房子，代指五明佛学院。1880年，德绛多吉修建一处藏传佛教宁玛派的"日追"（修行处）。这里以佛学院的大经堂为核心，数以千计的绛红色小木屋，延绵起伏布满山坡，蔚为壮观。

2023年6月10日于甘孜州色达

对话死亡
——拜谒那曲达摩寺骷髅墙

没有人

愿意

面对这个话题

也没有人

躲得过

命运

最终的归宿

生命

是一次苦旅

更是一场修行

谁也不知道起点

更不知道终点

路

——在何方？……

总有一些域场

隐藏

不为人知的世外秘境

洞天

封存着

岁月时间

在多多卡天葬台骷髅墙

与死亡做一次对话

向死而生

是给生命最好的尊重

直面死亡

死

不是终点

最可怕的是遗忘
敬畏生命意义
才能体会生命的价值和真谛
骷髅是自我的还原
是每个人续看凡世
最后的坚持
这墙也是镜子
那骷髅空洞的双眼
寥廓深邃
是看生
也是看死！……

回首往事
八万四千里山河画卷
美仑美奂
有汗血洒江天
天涯明月清风独情缘
不见你倩影萦纱
挂妩媚于心田
芳菲斗艳
翘首长忆孤山
别来几向画阑看
银蟾光满
强拈书信长叹
昨夜星辰泪飞溅
人去身自寒……

勇敢的人
先享受世界
多远的距离
再美的风景也比不上
坐下来
静听一曲
抚平内心的浮躁

给流浪脚步

歇息……

溺于人海太久

想要感受不被打扰的宁静

逃离都市繁华喧嚣

纵情跋涉

恣意洒脱

久作凡尘俗客

哪得涅槃解脱果

虚空法界弃舍

散花胜妙

极乐……

来那曲达摩寺

有风的地方

点燃桑烟

铺上五彩路

在空行母降下之地

雪莲花的甜香

已修成雾气

从四面

涌来吉祥

像原生时最初的震颤

在空气中传递

提醒我们

生命轮回往复奥秘

还有，

下一个星期……

作者注：

    达摩寺多多卡天葬台位于比如县城西郊，也是骷髅墙所在地。天葬是藏族人民最能接受、也是藏区最普遍的一种葬俗，是研究人类丧葬文化的一种例证。

2023年9月2日

一叶载梦

时间是最好的尘埃
把过往掩埋
看成败
星月疏影寥落
为谁归去为谁来？

阡陌烟火渡口
残灯外
我愿驾扁舟一叶载梦
霜雨入怀
对弈清风寒江天白

三千繁华回溯
故地重游春不待
凄迷忧绪君犹在
轻抬手
空遗爱
半阕短词旧时模样

不忍别离拆
托锦书煮新茶
拈花撷采

候鸟南飞尽
万河东奉海
兵燹漫卷誓言
刻骨烙印铭盖
荒芜心田灵魂独徘徊
时光荏苒
明月不改
斜倚轩阁楼台
芙蓉霓裳脉脉
桃红无语
应允琴瑟知音龙笛薄淡裁……
……

2024年3月31日于寒山斋

与暖风不离左右
——枕浪北戴河

清晨的北戴河
玉箫碧水绕红墙
诗踏浪而来
缥缈烟中坐啸云水之乡
在粼粼海面
写下
金色光芒
对岸一线
残虹点点
远去桅杆和海鸥低声吟唱
埋头创作的渔夫
悲悯一脉柔波荡漾
云雨交相

剩下我一个人的冬天
蜷缩在布满
记忆灰尘的书柜旁
任由思念
泪颜
风，渲染满身歌赋忧伤
落数笔墨鸦清案
凌乱
读不语书笺
成篇
看樱花落尽
勾勒当年
黎明前夕曾经的誓言
成殇……

我踩着落空的步伐

寻觅一段

时光长短

重新拼凑

美丽的明天

让，泪化作相思雨

沉浸在你给的孤单

再唤起

悸动柔肠……

等你也是一种美好

托梦，与蝶蹁跹

夜里

我该如何起舞孤欢？

逝去的剧目

有如月亮

照进井口

听哀调风花雪月祇礼焚香

离愁，也是一种力量

是一种另类幸福享受

甜蜜与挂牵

虽然很渺小

寂寞在夜色沉淀

伸手追寻

自由流淌七彩斑斓

与暖风不离左右

空床展转

望中依约是潇湘

朝暮想

怎生向

花腮新亭谁人与寄将

气韵楚江……

2024年4月20日

终归大海

一

人生
如风景
蔚蓝是色调词性
梦想
渴求驰骋
在春暖花开季节
倾听
醉人涛声
用万千音符
点化诗意灵魂

心有方向
如约飞奔
看渔火斑斓万顷
礁石上的守望
让孤郁心情
在无边的寥廓中
感受博大沉凝
内心
终归大海
每一次远行
代表着
又少了一个遗恨
目光所及
满眼星辰

二

长忆高峰
何日可攀登？
两岸潮棹平
无限雅兴
澜端虎跃龙腾
青春
载满追梦人
　月下
　　销魂……
铅华淡妆罗裙
帘里余香鸳鸯锦
细看秦筝
惊不起半点漪沦
垂泪别送君

捡拾落叶一片
缤纷……
握满手秋风
瑟瑟相思渐浓
叹青丝染鬓
有走不完的春夏秋冬
还来不及挥霍
烛滴照更灯
年轻
　终成
　　晚景……
金缕霞衣轻褪痕
可怜虚度芳信
问伊懂？
珍惜离亭
每一个漫不经心的温存……

三

西风烈
寒意重
远眺水边幽径归鸿
　　断肠
　　　声尽
我在期待一场大雪
深埋其中……
时光如此不经
抬眼已半生
纵千里之外多风雨
恰是黄昏
倦鸟投林

归家
缝补疲惫不堪征轮
此念回程
坦然接受聚散离合风高露冷
荣辱不惊
静阅花荣花满花落净
不管是释放光明
还是制造黑暗
——皆为人心
交织厮杀着世间万般
　　动乱和平
　　眷恋无奈
　　或是酒后初醒？！
　　……
　　……

2023年10月15日于鲁朗凌云客酒店

沉沦
——再访甘南

夕阳，
浪漫。
晚霞爱上了她，
衣袂上的光环……
所以，
风，
在太阳下山前，
爬到山头等你，
等你千万年；
还有这爬满山上的荆棘，
以及那沉沦苦海情伤，
雨腐蚀石，

第一章 照见／在绝望中寻求生命之光

与世同老的守望，
盈盈泪眼……

甘南扎尕那的美，
一半，
在于人文信仰，
另一半，
来自美景山川……
当你，
在这世外桃源，
匍匐于虔诚，
便放下了内心的不安。
这眼前的石匣古城，
不仅给你视觉盛宴，
还让你见证，
见证这被誉为：
亚当夏娃诞生地的巍峨壮观，
气冲霄汉；
还有光盖山石峰，
那大自然有如冷兵展现，
展现她，
令人敬畏的力量……

这拔地而起的山峦，
有如神祇宫殿。
耸峙岩壁，
晓来天气浓淡；
薄雾，
目光，
——流盼。
在我无法企及之地，
思念的藤蔓，
漫过横断山脉深处，
你，

就在那里，
新霁，
月明风细……
那深邃的眸子，
想要透露什么秘密？
我第一次，
近距离，
感受这个词的真谛！……
……

大地波浪起伏，
雪山触手可及，
平坦宁静的河谷，
逶吹逶迤，
雪莲荐苍璧；
那冰川雪水蜿蜒而过，
美得让人窒息，
难以忘记。
有如你的霓裳羽衣，
一样美丽，
不惹尘埃，
为伊，
牵系。
一切都在最初的酝酿中，
洁净如初，
青涩如初。
……

作者注：

扎尕那是天然石头城，位于甘肃省甘南藏族自治州迭部县西北30余公里处的益哇乡的一座古城，藏语意为"石匣子"。

2023年9月4日于甘南

第一章 照见／在绝望中寻求生命之光

风的形状

原来
风是有形状的
跟我想你的时候一样
披一袭
诗舣华裳
换一生
雨后光芒
洒泼在繁华落尽
轮回人间

时光荏苒

带走屐痕印象
抬头转眼
细数梦里点滴擦肩
多少华年
已成思念
就连灵魂也栖居遗憾客栈
被日历挂在墙上
任晚风吹落
半纸休书
酝酿
路过的烟波一场……

岁月为笔
血泪为墨
吟一曲悲歌长河
红尘
静染潋滟浊清
伸手
读懂炙热痴情
扯三尺孤寂天空
看细雨蒙蒙
有天黑
才会更期待天明
在无人的夜里
若有风向你吹来
那就是我
来见你了……

月下无人
伫立
枯萎花朵

2024年5月4日于寒山斋

在乌镇，等一场烟雨……
——谨以此诗献给追杀我的蚊子

饿疯了的蚊子来找我，
我用鲜血接待，
把它圈养了数十载，
这孪生眷宅。
我相信，
如果可以重来，
你愿用生命重塑，
过往尊严买卖，
换回你那一世骂名，
坐观成败！……
走出执念，
天下皆是舞台，
累了就给生活请个假吧，
还自己梦里逍遥自在！

山水如墨，
缥缈轻丝，
点点摇曳扶橹。
清幽的巷子，
没有诗愁气质，
很难体会这种细致，
若没亲历一次，
这或是人生憾事。
我在乌镇的江南，
下着雨，
听着雨滴，
读着古朴吴侬软语，
迷蒙的淅沥，

是带着忧愁温柔静谧。
白莲塔下，
人生苦旅，
比隋朝晚了一千多年的船只，
川流不息……

寻一靠河的茶肆，
亲近这萧凉洗礼，
品读袅袅烟火气，
聆听怡然惬意。
在晨光晚照里，
波光涟漪，
不要追风而去。
待明月入户，
清风吹衣，
书画不觉过车溪。
试问多少楼台，
只等一场烟雨？
我在等风，
也在等你……
……

作者注：

1. 蚊子，就是住在自己内心的另一个自己。

2. 乌镇是中国历史文化名镇，素有"中国最后的枕水人家"之誉，拥有7000多年文明史和1300年建镇史，是典型的中国江南水乡古镇。

2023年6月13日于寒山斋

一掬红衫
——题写宜兴紫砂壶

应是凡胎土娩
误入神仙地
着一掬红衫
听落英缤纷飞似霰
本欲踏云归去
奈何留恋人间……
这一刻历史烙印
　　　岁月沉淀
走不出来的单曲循环
却触碰到千百万年前
古人的指尖
每一寸泥巴
都承载着厚重的文化内涵
仿佛每一水
　　　每一山
都在讲述着古老的传说
交光星汉……

与其向往

不如出发

无论世俗多么嚣喧

守住这份梦想

内心的宁静

  自然

这是水墨里写意丹青

  芬菲满眼

  画巧江南

火的炼狱

  窑变

幻化繁花似锦景象

仿佛是一幅幅

生命流动的画卷

你看那阿娜柳条为谁弹？

我相信这时

高贵如你抬手清婉

  抚摸晚风

  伫倚朱阑

享受这份纯粹与孤独

  惬意心田……

你不必

春去秋来苦茫然

也不必

为谁芳尊强开颜

在你累的时候

找一个安静角落边缘

品读飘洒梅花晓香寒

空举杯盘

笑问长亭把盏

倦听溪水潺潺

……

2024年7月11日于寒山斋

风雨亭
——写于杭州西湖

  自从壶口瀑布修围墙以来,全国各地景区争相效仿,先有虎跳峡强制游客在规定时间内必须驶出国道,再到青海湖三百多公里环湖一圈修铁丝网,如今轮到云南德钦梅里雪山修围墙。吃相太难看,这铜臭已让道德沦丧,更让人心碎了一地。

  以上做法,无异于"杀鸡取卵",反观杭州西湖从2002年起就取消门票,但其旅游收入却在逐年翻倍增长。在此,建议各地别只盯着眼前的"围墙利益""门票思维",要有大格局眼光和广纳天下客的胸怀,别建起的是围墙,倒下去的是民心。

  是为引。

2023年5月2日 于杭州

走过陌生车站,
无处安放的城市,
怅然……
被挤压畸形的思想,
终于,
有了靠岸的泊湾。
散发的眼睛,
敷衍……
折射着,
起伏的波光;
有不被顾及的阴暗:
 南疆的云烟,
  凄清茫然;
   北国的黄沙,
    肆虐张狂……

历史的年轮,

生命沧桑裂痕；
无奈屈沉，
有滑稽与不忍！……
唐砖汉瓦，
穿上恨天高跟；
长城晚照，
换上短裙红唇；
或是，
被奴化了的"跪舔"嘴脸口吻。
不想针对，
也不想被针对；
无论怎样抗拒，
囚困……
从不接受，
也只好接受。
默认！……

读不懂，
古风遗韵。
没有怀古抚今。
只能是，
在钢筋水泥丛林里，
泅渡。
或是，
本能在文化沙漠里，
投石问路。
都市的霓虹之上，
从不缺少星星，
可有谁发现？
或愿停下脚步看看，
它的烁闪？
又有多少地方，
溪泉流水甘冽晶沁？
不收钱，

第一章 照见／在绝望中寻求生命之光

手掬可饮？

芙蓉不知出水处，
青莲应笑萍无根；
纵是三千烽火扬州路，
沙鸥汀鹭琵琶行。
　　可笑？
　　　　可恨！

风雨亭里无风雨，
南屏阁前话南屏；
十万经卷诉尽长安荏，
也无风月也无瓴。
　　可悲？
　　　　可怜！
　　　……
　　　　……

作者注：
　　风雨亭位于杭州西湖旁，原系纪念辛亥革命先驱、鉴湖女侠秋瑾祠堂所在，1959年祠堂被拆除，后于其地建亭以志之。

心种福田

路虽远
咫尺于心
把时间拉长
万物概因你而净洁不染

勘途者
千锤百炼
山海皆可填
若云梦相许隔河可听禅

让清风捎上我
八千载坐看流年
敬三宝
以供养
无污无垢无增无减

第一章　照见／在绝望中寻求生命之光

心种福田
撒播良善

因果随缘
静修玉露白莲
结菩提道场
取方寸一念
独上路
躯壳业缘
孑然离落娑婆苦
在绝望中寻求生命之光
恐醍醐尘俗
一种秋风池上
凄凉不堪
凡世间……
……

2024年3月29日于贵州榕江

053

品度平凡
——谒大雁塔慈恩寺

丝路的风
吹了千年
月光下
是谁的呼吸起伏跌宕？
这冥冥天地间
驼铃声声
在古长安的街头回响
敲打着
蹉跎岁月风霜
我不知道
不知道来路何方
我更不知道
不知道去向何处他乡……

一

这曲江的邂逅
在大雁塔旁
是李白
唱过的月亮
沉香亭北倚阑干
春风无限……
是白居易
慈恩塔下题名处
十七人中最少年的地方
那晋昌坊
回眸祈盼

第一章 照见 在绝望中寻求生命之光

是杜甫
优游离宫芙蓉池上
樽壶酒浆三月三
流觞雅宴诗画的碰撞
是王维
九天阊阖开宫殿
万国衣冠拜冕旒
品茗茶香对酌的时光
蓦然回首
被弦琴撩动的大唐
不夜城自由开放
给佛教予生命
灵魂救赎的天堂

东土的眼睛
有三藏
与恒河菩提树相伴
记录对故梓的渴望荣光
还有，
那不死信念
在贝叶经书镌……
早起的太阳
回首来路
寻一工匠
精雕细琢描摹壁画
有生命繁衍
让人惊叹
那刻满文字的瓷片
诉说着刀光剑影
血迹斑斑
只有佛祖舍利
在寂寥的夜晚
走过断壁残垣
看繁华是你

孤寂经年……

二

钟鼓梵唱
再现重楼复殿
云阁洞房
不见当年古道悠长
那音乐广场喷泉
烘托雁塔浩然
浮屠七层
穿越千年沧桑……
生活
红尘万丈
希望
忍辱负重
成就宁静致远
刻画寂寞烟火人间
理想
读懂孤独
在沉默日子里扎根思量
感悟人生
法轮常转

凡尘俗世
烦恼八万四千
关上
自在门窗
任深邃思想
反观
内心
穿透万千年的云烟
拨弄芸芸众生

第一章 照见～在绝望中寻求生命之光

品度肉身之平凡
回归
真实坦荡
在平淡生活学会安然
经历千帆
终将蜕变
人间正道觉醒黑暗光亮
风来竹面
别忘了你是一颗种子
绿水迢迢
隐隐青山
种子终将破土
仰面阳光
灵魂摆渡万里
超越世俗空间
你是佛前圣洁的白莲
熠熠生辉
播撒芬芳……

三

秋雨
淋醒万人狂欢
丝绸之路再次起航
在西行的列车上
记忆火苗
点燃
灞桥折柳的目光
窗外身影
拂过原野山峦
河流和春天……
假如记忆轴的丝线
随意织编

金黄辽远
黄河北岸的崖壁上
在此浊流婉转
山水相映
凿刻
这丝路石窟遗址如此艰难
又如诗如画般
静静屹立于崇山
注视千年
庄严妙相

跨山越海
穿过戈壁沙漠茫茫
跟随玄奘的脚步
行走在帕米尔高原
抬头看见
是终年不化的白雪冰川
脚下匍匐长磕
是朝圣者前进的信仰
灼热胸膛
亲吻大地脸庞
高海拔并没有使我晕眩
雪莲花
在阳光下绽放
招展
生命的力量
这一刻
除了感动震撼
就是接受平凡的自我
经历磨难
热爱生活
我们永远都在路上

2023年10月16日于寒山斋

花开一季
——写给鲁朗高山牧场的格桑梅朵

我站在寒山之上
凝望远方
你说这是早晨的秋阳?
还是晚照醉人的红嫣?
看着花海深处
俯捡叶瓣
掬捧格桑梅朵的芬芳
犹如林深见鹿
蓝海遇鲸
我笑风
挑拂薄妆弄轻霜
来的恰好
不早不晚
正是花开妙曼的时光……

天空是幽深的海底
石化一切目光
不可探访
天使的裙裾
在花香四溢的季节里
勾起昔日回忆
汇聚成倾城岁月
素手翻开
卷边照片
看韶华客舞流年
似水无痕
残灯朱幌
推开红尘入梦来

泪流碧纱窗
欢颜如花
云水相间

穿越千年等候
只为在最灿烂的时候遇见
抖落光之精灵
彩衣斑斓
温柔绝恋
成了嗅觉味蕾的信仰
熠熠生辉眸眼
揉碎一池星辉
你的笑颜
开在烟雨迷漫的心间
唇齿满足
指尖姗姗来迟
形态柔美
这优雅弧度
玫瑰花的故事
心跳为你伴舞……
……

作者注：

  格桑花又称格桑梅朵，具体为何种植物存在广泛的争议。在藏语中，"格桑"是"美好时光"或"幸福"的意思，"梅朵"是花的意思。根据相关文献研究，在西藏被视为格桑花的秋英（波斯菊）并不是真正的格桑花。从广义上说，"格桑梅朵"极有可能是高原上生命力最顽强的野花的代名词。

2023年9月17日于鲁朗凌云客酒店

第二章

青春
泪水成了掌心里的雨点

我,
看你低下头,
比月光还要沉默,
温柔……

去，寻找最真的自己
——致青春

一季花开
不经意
与你相遇
恰好一眼看见你的美丽
在我路过的一隅
你，赠我满心欢喜
我，用一生印记
撷取
　　你的旖旎
　　爱意……

一程山水
去
寻找最真的自己
沉默的日子里
任何表达都不够清晰
安静的只有风
在空气
游弋……
抑制不住的情绪
如同暗夜哭泣
魔鬼般噬血的歇斯底里
青山不语
有冲锋号铮鸣厮杀
在心底响起

时间摇曳
游离……

第二章 青春／泪水成了掌心里的雨点

恍惚梦呓
如果一年有十三个月
那多出来的一个月
是我用来想你
崩溃的结局
让千疮百孔的心
衍生出成年人的万般不易
消极
嗜酒成性
慢慢被湮没在纸醉金迷
无尽的虚无主义

风起时
如果可以窃取
我愿偷得
偷得三分才华横溢
换回此生流离……
剪一段
素锦时光
渲染笔下浅浅沧桑
婉约成词的脉脉温香……
长夜漫漫
迷惘
刻划情感盛宴荼蘼
抒发风月
短暂绚丽

告别回忆
告别过去
　去
　　寻找最真的自己……
　　……

2023年5月4日写于鲁朗凌云客

童话爱情
——写给一年毕业季

又是一年毕业季,
从初见到再见,
彷徨。
谁的青春不年少?
生命恍惚又回到原点,
压抑的眸眼,
凝结时间。
过去某天的今天,
在今天的某天,
被一次次重复遇见,
曾经的童话剧情再次上演。
一如从前,
未曾改变……

绿茵操场。
阳光,
照在衣襟上,
远处,
凤凰树的叶片,
却在你的脸颊开成了桃花,
笑靥。
争芳斗艳,
一袭诗意葱茏,
清香扑面。
少年,
不知爱情苦,
执意永远,
要陪你到地久天长……

第二章 青春/泪水成了掌心里的雨点

追随目光,
闪烁成了霓虹的模样,
你桑间濮上,
明灭不定的心事,
有如水墨丹青典雅冷艳,
牵扯着情丝。
长长短短,
短短长长,
道不尽相思空余恨,
有三秋月色朦胧短松冈。
相拥冷风而眠,
在红尘时光,
放纵,
流一池玉露于眼眶,
泪滴清杯成酒,
一夜烛冥芒……

现实有如雨打萍,
暮日孤雁鸣海棠;
纵是层楼凌云志,
奈何重霭锁江天。
终是,
兰舟渐远,
凄美宫商。
 转身,
 何方?
 ——潇潇风雨,
 他乡!……
 ……

2023年5月28日于寒山斋

听说你要来

听说你要来，
连空气都是甜的。
山川草原森林湖泊，
每一帧都是，
岁月江河印记……
欣喜，
抑制不住，
写在笑靥里。
一页一页翻看日历，
尘封入海，
未曾提及，
每一片飘飞的落叶，
漫天飞舞着思绪。
没有一片，
是你；
没有一片，
不是你……

把秋风采集，
攥握满怀潮汐，
翘首期盼，
矗立。
希冀，
等待一场蓄谋已久的邂逅，
假装随意；
或是，
一次久别重逢的默契，
没有刻骨演绎，
只有泪水，

第二章 青春／泪水成了掌心里的雨点

骋肆……
我不知道我是谁,
谁才是自己?
漏壶流逝,
光阴的刻刀累积,
却永远找不回,
当初的叹息。
更找不到,
这世间价值的统计;
抑或,
我存在的意义……

当琐碎生活,
占据所有时间纤细。
任三分天地投机,
填满灵魂栖息,
把圆月瘦成红豆相思。
初恋,
羞涩甜蜜,
却成就了枫叶的秘密。
听晚霞讲故事,
安静地等待,
安静地与你,
并肩席地。
看秋水映照长天,
朝阴夕雨;
那一刻,
心是安稳的,
波澜不惊,
所有的苦难痛苦呼吸,
颠沛流离,
都被幸福一一代替……

2023年10月24日于寒山斋

孤独的树
——写在台风"泰利"登陆前的浪漫海岸度假区

音乐未起，
却已终场。
在台风风眼，
我把你手牵，
享受着这片刻的平静，
任涛声拍打海浪。
那岸边，
孤独寂寞桅杆，
假装深沉，
思考着把天边的夕阳点燃，
让层层叠叠的火烧云，
烘烤这冰冷的心房。
在浪漫海岸的沙滩上，
我们没有作声，
站成了两支桅杆。
桅杆的旁边，
还有一支；
在澜端，
起伏跌宕……

忍不住，
这泪水还是滑落眸眼，
成了，
掌心里的雨点。
纷纷扬扬……
从唐宋诗词下到了今天，
错落而漫长，
诉说着红烛摇影春残。

连那客读的书卷，
也泛起了波澜，
猎猎作响；
笑看云起云落，
被昨夜西风吹走繁星千年……
只有午夜的收音机，
叠夹着墙上倒影摇椅昏黄，
伴随琴声唱响；
清冷孤寂，
独览，
岁月斑驳流云沧桑……

揽星河茫茫，
有孤舟横渡，
亦喜亦欢。
默默接受宿命安排，
品味滚滚红尘柴米油盐，
或是，
黯然谢幕前的露宿风餐？
不管是颠沛还是平坦，
心中的热爱能走多远？

也许，
直到梦想成为梦想；
最后，
向往的地方，
成了别人旅途故事嚣喧，
群芳争妍……

在路上，
每天，
都是一次全新的角色扮演。
感恩时光，
带我启程。
跟着文字去旅行，
感谢每一位同途之人；
挥手离愁一枕，
不应更阑别时恨，
莫道春光归去泪成痕。
生命，
不长不短，
刚好够用来看看这凡世间，
魑魅魍魉，
你方唱罢我登场，
两鬓终成霜。
我知道，
这一刻你是孤独的！
天空大地，
包括了你我，
只剩空灵……
远方，
孤独的那棵树，
成了多少旅人的画面？……

2023年7月15日于茂名浪漫海岸国际旅游度假区

第二章 青春/泪水成了掌心里的雨点

告白

一眼
能看到底的黑暗
转身
寻找光明
你自己
就是一束光
照亮前路

上帝之手
故意玩弄造化
既要让你我相爱
又让彼此受罪
也许这样
才能更懂珍惜吧
烟火人间
岁月流年
迟来的告白
会不会如约?……
……

1999年2月15日

远和近
——握别北京

我走时

天是暗的

而我

心情更是无言的颓废

没有告别

也来不及向你作揖

望着长安街的公交车

追逐早起第一道凉风

天边

被硬推出来

撑面子的霞光

起了个早

不情不愿

让风作了个伴

想买蛋挞

匆忙的脚步不让……

失落的星星

向朝阳借个眸眼

她冷冷瞥我一记流光

车窗外飞逝的树

站在那里不知所措

保持着知其然

不知其所以然的状态

鼻子不通气

埋怨流感

还是身体诚实

紧了紧衣袖

第二章 青春＼泪水成了掌心里的雨点

将暖气打到最大
放松地斜躺深深呼吸
感受这空间
潮湿且燥热的心

一阵风过后
小雨走了过来
没有撑伞
思念
温柔锋利失衡
被一再拨弄弹响
那年相逢
谁长在谁心中？……
泪水串成的弦
忐忑不安
晕眩的感知
非意识沉浸释放
在时间的沙漏里
滑落
殷殷血迹
穿越幻觉隐喻
　远和近
　迷失和痛苦
　还有我和你……

别来几向

当雨滴，
落下你的歌声，
有青鸟传音。
檐口上滑落生命，
离鸿相应，
芳景如屏。
在茶与水的邂逅交融，
舒张中，
你舞起风带水裙。
清雅端起眸凝，
闭合窗棂，
刻录摇曳树影。
心，
底色下泛滥，
层层叠叠飘动的温馨……

第二章 青春\泪水成了掌心里的雨点

白色的情感，
有如满月，
倾泻萦怀雪片。
回首间，
衫哪堪？
偷回波眼，
酒醒溪南岸。
流淌，
咸咸涩涩来路，
黄菊篱边；
听乱絮残丝歌笙颤，
横倚画船。
别来几向，
小眉数叶不展，
朱槛烟霄半……
……

2024年5月14日于佛山寒山斋

你，一直在我的笔端
——写给童话新疆

伫立，
在冬交替的边缘。
你的目光，
是冷漠秋霜；
夹杂着寒鸦叫唤，
把远山哭丧，
慢慢装扮，
白雪银装……
倒是晚秋的斜阳，
一头钻进白桦林下，
听金黄叶片，
连响……
直面自然，
笑看云舒云卷，
风，

迈着轻盈脚步游荡，
丈量……

在山野林间。
我看见，
冬天，
灰色的心事，
愁眉苦脸。
漫溯在额尔齐斯河上，
河水或激或缓，
映照长天，
色调沉淀；
洗濯蔚蓝灵魂，
倾诉爱恋，
摆拍阿尔泰山相思的底板……
云彩缭绕尘寰。
幸福的光芒，
投射遥远，
在奇壮巍峨的神钟山，
包裹秋色斑斓，
绽放，

这一季,
最后一次绚烂……
连多情的可可托海,
涨满怀思念,
描绘无尽的诗意,
墨香。

独倚高原,
半壶晓月冰鉴;
梦见,
陌上花开,
江山无限。
风起苍岚天涯渲染,
童话新疆,
寒夜客来,
绿茗画意醉琼浆。
你,
一直在我的笔端……
有春色阑珊,
檀楼霞畔,
望眼欲穿。
拥盈袖云水潺潺,
终是欠峰峦。
问其间,
惜当年,
他乡明月照断肠,
霜露餐野饮泪日,
长亭恨晚,
离魂幽怨。
声外梦故园,
儿时模样……
……

2023年10月28日于寒山斋

汽车的回眸……

生活，
有如高山深涧，
水，慢慢流着。
我在时光的河上泛舟，
漂流……
走过拥挤的城市街头，
耳边传来流浪歌手，
撕心裂肺的嘶吼。
内心，
却在峡谷的边缘游走，
采一天星斗，
挂满阆苑琼楼，
在目光寂寂中来一场，
属于自己的音乐秀。
结束一场旅行，
去开启新的跋涉千里。
生命，
没有目的地，
只为怡然美景，
或走，
或停。
有风吹过的声音……

风尘漫漫，
岁月悠悠。
穿过浮云天空，
解读你暧昧眼神中的乱发，
只为回眸一笑的百媚，
我愿为你，

第二章 青春/泪水成了掌心里的雨点

堕落入繁华。
趁我们还不够老,
伴随夜色慢慢降临,
找一小摊,
约三五好友,
走斝传觞,
开怀畅饮,
酒过廊桥有泪滑落,
任凭灵魂,
在烟火中飘摇……
看台上青春热舞,
台下呐喊,
鼻子已出血,
口袋空空,
是一世的记忆。

今天,
我要去买点时光,
买最贵最贵的时间,
因为再贵也贵不过人情。
而明天,
只能随便喝点西北风,
因为我知道,
再便宜也便宜不过人心。
没有棚子,
不知去哪里躲雨。
也许,
一边撸串,
一边笑痴,
会是灿烂一生的守候。
也许,
是一次汽车的回眸……

2023年6月10日 于寒山斋

烟轻昼永
——写于新疆魔鬼城

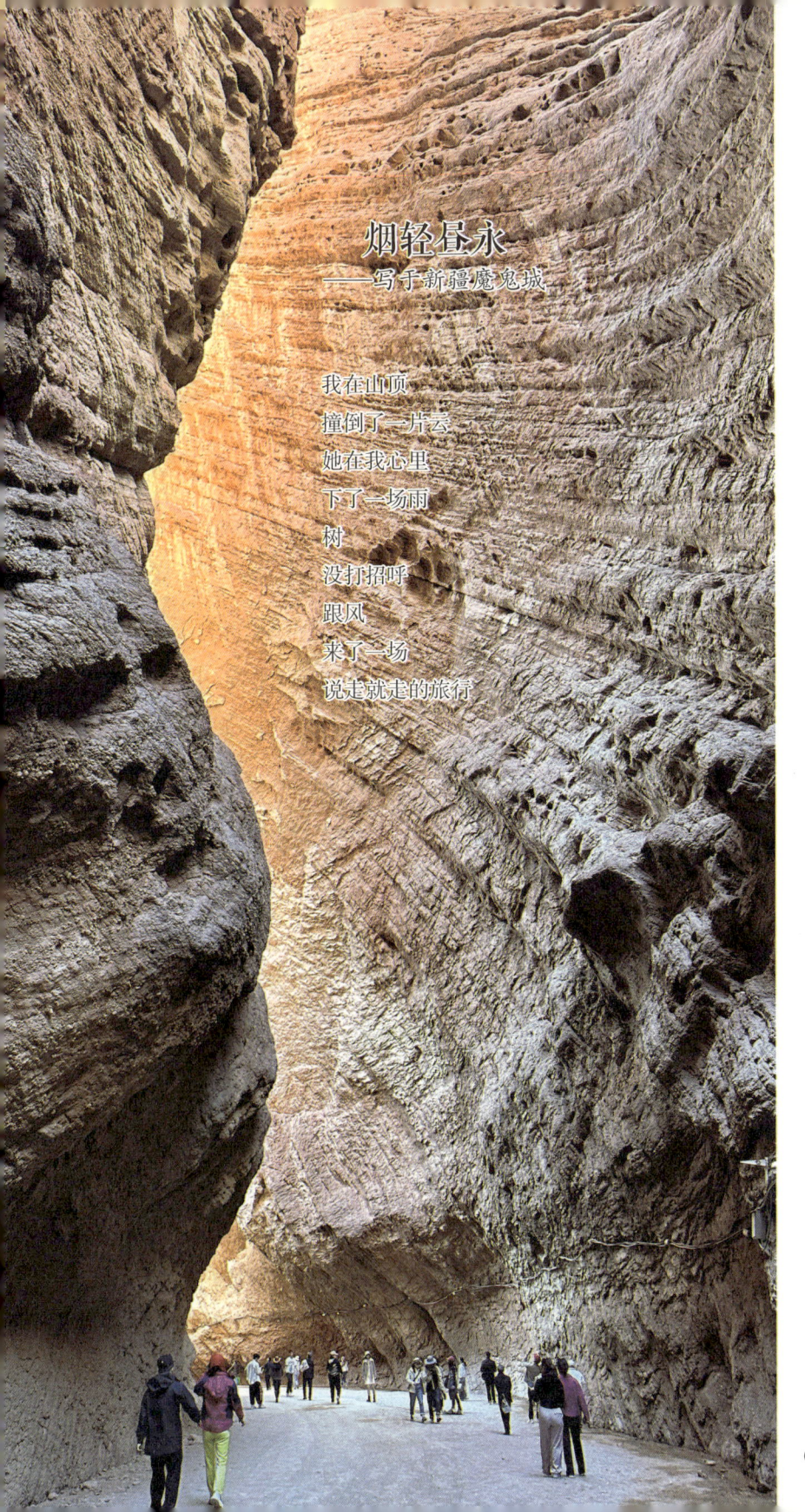

我在山顶
撞倒了一片云
她在我心里
下了一场雨
树
没打招呼
跟风
来了一场
说走就走的旅行

第二章 青春/泪水成了掌心里的雨点

丈量光影
在脚步的沟壑
　萍踪
　　倒映
感受历史流虹
　孤城
　　征鸿
　　　鼓声中……

断壁残垣微凉
一羽蒲矢苦痛
留下诗人
冗长古道叹息
何处不相逢？
生命
寒浆印月匆匆……

一岁枯荣一岁秋
半山烟雨半山缘
远离尘嚣
天地间
氤氲鼻尖
我独处时光
在静谧世界
品味着这份宁静安祥
如果可以
我宁愿
宁愿选择这里
星落如雨
如泉水般涌动
烟轻昼永

2024年5月26日

第二章 青春\泪水成了掌心里的雨点

距离

千头万绪

写满大地

月亮

在时光的夹缝中升起

窗纱上

流失的过去

停留

在唇边的微笑里

有星星

窥视

风中的影子

萍踪浪迹

我不知

这世界有多大

我想

应该是你

看向我的距离……

……

2023年5月25日于寒山斋

告别五月的花海

我顺着阳光
嫩绿思绪
寻找季节里的清香
风吹着柳条蓝色印记
　摆动嚣喧
　沸沸扬扬……
五月
在我的心田
一朵花盛开斑斓
把激情浪漫
浓重渲染
刁蛮的雨在梦醒时间
落了一地花骸
　飘残……

第二章 青春/泪水成了掌心里的雨点

起舞的叶片
把沉睡的天空叩响

漫步在五月
迎风仰望
憧憬着夏天的灿烂
看草尖晨露炫煌
百花争芳斗艳
情窦初开的春风
乔装打扮
悄然漫过初夏的河堤
窥探
少男少女戏水冲浪
流连忘返
偷偷在优美的红唇上
　吸吮
　　贪欢……

站在五月的边缘
一半是回忆

一半是希望

阔步高谈

明月惊鹊听鸣蝉

火如点

水如烟

六月还未开端

仰起面孔

却怎么也看不见终点

没人注意到

一粒种子的深情隐藏

隐藏在夏花之间

花谢了

我感受不到夏天的光芒

生命的舟

在六月中孤独流浪

吟唱着离别不舍

　　眷恋……

也许远方太远

光明漫长

长到看不到方向

五月落日的余晖

弥留在地平线

我不知所措

彷徨张望

看着这场花事

在六月未央时光的驿站

突兀地举杯

去祭奠

　这韶光荏苒

　似水流年……

　　……

2023年5月29日 于寒山斋

比月光还要温柔……

当繁花映梦,
你来到我的窗前。
那灿烂笑容,
像极了冬日里的暖阳;
有如精灵,
落入凡间。
一夜流影浮动,
唤醒绿浦眸眼十里红妆!
怎堪?……

看时光,
走过岁月。
掬捧潋滟,
桃红成雨滴答应眉间。
烛泪温酒煮雪,
水陌轻寒;
星斗月华挎山峦,
读寂寂旧愁无限,
可曾向晚?
影阑珊。

漫步雅江畔，
静静地做一名读者，
守护一瓣心香；
任春风亲吻腮眼，
把心事，
笑成了满山粉颜欢靥。
回眸处，
白马青衫。
看画中故事主人，
烟水茫茫，
独立斜阳……

剑已收，
轩窗远岫。
掌执锦带吴钩，
忆昔日携手，
再临江渚闲登木兰舟，
旧重游。
映照朱阑碧砌人归后，
素取珠露丹青袖；
笑倚画楼，
轻按弦管，
一曲风云数十州。
着粉墨扬眉嘴角漾弧度，
醉品冰肌玉骨生来瘦；
下笔细描，
暖烟轻柳。
我，
看你低下头，
比月光还要沉默，
温柔……
……

2024年2月7日 于寒山斋

花笑
——贵州榕江"花式"看"村超"

　　七月的贵州是度假的胜地，更是球迷的天堂！贵州省黔东南州榕江县霸屏全网的"村超"赛事依旧进行得如火如荼，全国各地的足球爱好者欢聚在此，共同见证这场只属于"足球热爱者"的体育盛宴。

　　是为引。

2023年7月9日于贵州榕江

花笑，
等你来嗅；
人醉，
昨夜美酒。
今天榕江的阳光正好，
透过大榕树的叶洞，
掉落都柳江，
伴随着鼓楼的歌声，
流走多少岁月光阴？
萨玛的斗牛，
踩着侗家人筚路蓝缕的脚印，
勾勒原生乡情的风貌。
微风不燥，
不负时光。

如果有天，
你厌倦了都市喧哗穷昼，
那就来黔桂古州，
看看这里的三江渔火，
星月孤舟。

也许,
诗和远方代价不菲,
但哪有青春昂贵?
只要做到问心无愧,
就在侗族琵琶歌里沉醉;
沉醉月亮山苍翠,
幸福着摆贝苗寨高山流水;
读独石回澜,
波上寒烟霜华坠。
想你,
有光在前方,
那千万次呼唤,
在村超足球场上引燃。
行动,
是向心力最大的展现。
在三十六洞七十二寨路上,
连空气都透着历史的厚重,
饱经风霜,
诉说着沉沦与沧桑……
如果自由有形状,
那大概就是绿茵场上的模样,
我抱着渴望转圈,
也许沉默是新生的今晚。
是非无以伴,
风月不相关;
在旷野中丈量脚步向往。

洞天地,
达内观,
用心感受血脉里面,
这原始冲动热情舞动体验;
催生步伐奔向胜利彼岸,
精神的乌托邦,
是不死的火鸟,

第二章 青春、泪水成了掌心里的雨点

一次次让理想信念，
涅槃重生，
劈波斩浪，
驱使着无数次日日夜夜，
青云直上。
那风雨兼程泪水飞溅，
唯有信仰，
在前方。
我知道，
夜里的光，
越暗越耀眼，
或许是为了救赎，
欲盖弥彰……

任凭风浪起，
独钓月满楼；
倚澜坐看赤壁横江，
惊鸿小荒洲。
这天，
你如果再次见到我，
我变黑了，
请不要惊讶，
在这样热情高温下，
中国足球的希望灼烧着我，
我相信，
再多的防晒霜也无济于事。
——真的没有白来榕江，
永远要坚信，
美好的事情即将发生。
有时，
信到极致，
就是奇迹！……
……

花开三月
——贺贵州村超开幕

三月如歌,
万物齐益。
一朵花,
装扮不出春天;
可挥汗如雨的激情,
已在村超赛场点燃;
唤醒,
生机无限。
足球的生命,
信仰,
势必燎原。
希望之灯,
有如暗夜星汉,
引你走向黎明曙光……

最美的风景永远在路上,
去看看,
也无妨。
人,
在城里转圈;
心,
却跟着感觉流浪。
来吧,
在山城榕江!
没有刻意的放逐,
兴致高炫,
双眼一直开满鲜花,
灿烂……

第二章 青春/泪水成了掌心里的雨点

胸养浩然正气，
气逾满霄汉。
也许有天，
在狭小的时间，
生命原点；
思想，
给爱赋予历史，
无限空天……
岁月，
把你我的距离拉长，
成了遥远……
脚步不由自主，
踏上这仙境人间，
有如轻柔苍灵，
催发四季莹露深深浅浅，
梦幻……

对足球的梦想，
眷恋。
——
这就是你的归宿！
一个圆，
一个符号，
一个图腾与荣光！
日落归西山，
不必为此遗憾。
明天的朝阳，
必是我煌煌少年！
让无处安放的青春，
在绿茵赛场绽放，
光芒……
……

2024年3月17日于榕江大河口码头

牵你的手
——游青海湖沙岛有感

一

这空中，
凌乱的灰尘，
正如我的心。
在这阴郁的世界里，
钢琴，
无声流淌。

牵你的手，
有如你我相遇见，
擦肩而过时间，
描摹生命最美的景象，
恍若夜晚，
降临梦魇，
感受着，
 黑暗，
 从指尖滑过的快感。
 ……

二

思念，
无思绪地让思绪飘飞，
飞红零乱……
掬捧起这砂，
有若余花落处；

随风，
任眼泪汇聚成青海湖。

采撷一寸芳心，
画半片秋绪；
吟啸凌云辞赋，
谁管束？
是酒残歌管霜天曙，
抑或仓央嘉措远去的岁月脚步，
降落帘幕？！
归冥路，
几回顾。
风烟萧索江暮，
归程阻，
断鸿声舞！……

沙舟，
横渡。
目光中，
记忆当初……
根本停不下来，
这阑珊寂寞凭谁诉？
画屏低笼芳树，
冷彻鸳鸯浦。
心沉浮，
意何如？
万里书！……

三

夜来窗外潇湘雨，
江湖碎滴，
飘萍浪迹。

庆幸果断把船票退了，
徒劳心力，
追逐着春夏彩色，
走过秋冬四季。
折腾一年，
甚是满意；
为了犒劳自己，
羊肉串串烧烤怎能弃？
沙岛边边走起，
在他乡的味道中，
听涛声鸣镝，
感受大自然的神奇。
在这里，
我们体验天地的广阔，
壮烈与美丽，
寻找最初的那份快意，
平静和安逸……

与孤寂为伴，
我们互道珍惜。
举杯敬过去，
为生活努力；
笑言向未来，
景运纯禧，
丹凤来仪。
以此寄寓，
在这一片湖水星河里，
冷色伫立长堤，
掩映箭波齐，
有琼枝玉树相倚，
新春岁华生天际，
电掣风驰。

2016年12月31日于西宁

缘起，缘灭！
——为林芝桃花节打call

邮
一朵
没有地址的云
给远方……
多少被禁锢的心
在咫尺之地
凋零
有如暮日斜阳枫叶
燃尽秋意
那一抹赤色

为什么这么爱你
闻着你的味道就让人愉悦
恍若
千山暮雪醉桃花
看
那白云
轮廓像你
缓缓而安静
从时光深处
奔涌而来的风
重新定义
跌落在蓝色世界里的精灵
那错过了的一季
你的杯
我的唇……

爱你的人

会把你的文章

当心看

不爱你的人

会把你的心

当文章看

缘起

缘灭

缘起时

你送我

缘灭时

你也送我……

不畏将来

不念过往

你，永远是你……

……

2024年1月28日于鲁朗凌云客

花瓣落地的声音
——写于鲁朗凌云客

我不知道
桃花如何晕染芳馨
我也不知道
关山怎样唤醒虫鸣
但我听到
花瓣落地的声音
是春风轻轻
抚摸我
乍暖还寒的莲心
拨弄我
沉默一冬冰弦素琴
花瓣上
素雅风韵
一滴清泪晶沁
氤氲
瞬间绘就
大美河山水墨丹青

每一片花瓣落下
我听到潮汐的沉吟
朝晖夕阴
我知道
这是你的心情
忐忑呼吸
矜矜
夜深了
炽热脉搏撩动纱巾
期待的欢欣

连山上的冰雪都化了
在阳光下眯眼殷殷
让羞涩的土地
醉衾一新
芳草如茵

虽然认识不久
开怀畅饮
刻骨铭心
狂欢后的第二天清醒
我们对视眼睛
我送你一片海
波光粼粼……
无需证道
也不需觉醒天命
我以虔诚执笔
在文字里修行
只希望你的脚印
留下的光
照亮我一路前进……
——我听到
　　无边无垠
　　花瓣落下的
　　声音……
　　　……

2023年4月3日凌晨醉醒时分

那一池睡莲
——写给北京的冬日

当你的眼泪
化作雪绒花飘落罗裳
这北国的土地
世界似乎以第四维度沉降
梦幻的幕帘
开启
冬日恋歌的序章
谁知
蒲公英的伞
还没来得及打开
迷路了
在这三里屯的夜晚

羽
云涛烟浪
霁色假装同流
迎向太阳
在萨满的吟诵中醒来
睁开蓬松双眼

似火堆
突然炸彩震炫
当
一束光
照进了黑暗
这束光
便开启了人类女神劳作的原罪
投射面具之外
火种
生命图腾
刻画文化血脉基因
　记忆
　传承……

弦琴腰铃作舞
河流颂唱神歌
海东青的翅膀
划过苍茫大地长空

第二章 青春\泪水成了掌心里的雨点

笛声里

红墙小院

堂子禅寺青灯

一片雪

一只蝴蝶

在掌心起舞蹁跹

扇动

你梦魇中

那一池睡莲

醒来

月光下

诗人踏雪归来

在我们相遇的地方

我在水边静坐

试图用一山的冰雪

掩盖

对你的思念

雪停了

梦醒了

我只能独自行走

时常

在有雪的地方停留

这一生

　思念长

　幽梦深……

作者注：

　1. 萨满祭祀也称萨满教，清代宫廷举行萨满祭祀的地方有两处，一在大内后三宫的坤宁宫，一在皇城东南角的堂子。另在紫禁城内廷外东路的宁寿宫也有祭神的设置。

　2. 堂子，是满族及其祖先女真族族人摆放牌位、档案用以祭祀苍天、神灵及祖宗的地方。

2024年1月19日

第三章

苦旅
梦靥所到地方崇阿莽莽

挥雪刃，
酒壶装满待谁温？
边城蹄快倦客染血雨，
千里韶华孤坟。

听见月光在歌唱
——写给2024回家过年的候鸟

在远去桅杆上
蜻蜓惊讶地看着轮船
偷笑海鸥低端
自己飞翔
无腿的太阳
憋红了脸
滑过汽车的后视镜
我听见月光
在歌唱

轨道行色匆匆
挥汗如雨
堵在高速雪地
心如铁石
送走一车饮食
过年的礼品
认为物有所值
正是绝佳去处
回家装模作样的客气
最后
还是落个不吃
或是遗弃

从前
车马很慢
游向心河的甬道很窄
旧日画帧下那夏风南窗
沉默不语

少年
笔随香草阳光
尘封书信遥远
梦想
花期明暗
风说
你别回头凝望……

爱一个人
一生足够漫长
春意归来
让梦境肆意绽放
没有诗
只有远方
就连那
最不懂情趣的大地自然
跟夜空租个床
仰望星汉
素描画卷
看裘裘春幡

2024年2月7日于佛山

等一场台风……
——写在"苏拉"登陆前

  台风"苏拉"来袭，广东启动I级防风应急响应，严防死守。全省各级党委政府靠前指挥，党员、干部深入一线，部队、抢险救灾人员进入"临战"状态，确保各项防御措施落到实处、见到实效。
  天佑神州，河清海晏！
  是为引。

2023年9月1日 于禅城

秋风乍起
吹落愁绪黄叶满地
等一场台风的到来
如同在等你
不是告别
只因别离……
玫瑰的花瓣
那滑落的雨滴
是你的眼泪吗？
也许是心语
永恒而美丽

不问归期
浊酒咽下相思几许
乌云压城将欲摧
翻墨遮山幕瀑泣
狂溅醉书霖铃
三万风卷笼殿宇
渊渟岳峙

临危迎难负海涵
威严无比
宛若英雄千古风流
步罡踏斗擎天地

你未必光芒万丈
但始终有光的温暖……
屹立于人峰
傲啸九天
俯瞰芸芸各复其根
弹指一瞬归黄土
茫茫天道孤独人
谁与共
终难同
不问身后俗事凡尘
一心证道为苍生……
……

以孤独为伴
——写于汕尾红海湾

一

凌晨过海,
酒入愁肠,
红卫码头的朝思暮想。
心,
却泛波于风浪。
远处,
霓虹烁闪,
有泪光,
滑落,
在发丝飘飞的遥远……
没有原因,
流浪日子重了游子行囊;
重回故乡,
别来无恙。

想看,
篝火沙滩。
沙舌尾静夜闲寻访,
灯火阑珊。
没有来由,
不敢拥抱这渔港,
黯黯茫茫。
近乡怯,
情不敢相忘,
惟自我否定的情绪,
在心底颂唱,

越族灵魂归处的信仰！
家，
在品清湖畔……

归帆，
片片诗愁四溅；
螺号，
响彻妈祖凤山。
看，
那夜宵摊，
人来人往；
有香气弥漫，
飘荡……
陈旧的记忆画面，
越来越浓烈，
是儿时的模样。
——红海湾！……

二

人在江湖,
一瓣莲花敬故土。
云为鹤,
雾深处;
醉眼,
珠露……
酒醒红灯千万户,
极目萧疏,
有默默心事。
与孤独为伴向谁诉?
轻盈娇步,
韶光少年等闲度。
桑梓,
梦里述!……

星空下的不远万里,
春风不负;
让心底,
风景冲出峡谷……
任那寒雁衔芦,
甘被群芳妒。
盐町头的红树,
陪着沙鸥,
寄居汀洲花海民宿。
赏金风玉露,
黄叶漫舞,
回首,
斜阳暮……
……

三

在家乡的味道中,
刻录……
汕尾的夜生活与烟火气,
是"小香港"二马路。
——除了曾被,
陈炯明用来当作军部;
运送军火只是验证,
海陆丰人血脉觉醒貔虎!
这古老骑楼,
美食店铺,
与颜值无关,
只有吃货当筵主。
须知幸福,
非口腹,
无以足!……

夜幕,
忙碌……
香飘起,
是思念的朝朝暮暮,
欲问咸甜酸辣做金鼓?
恼烟撩雾,
只得偷偷回顾;
不教他人恶,
笑言鱼龙误。
只得道辞,
想找回,
那份岁月归途,
徘徊与踟蹰,
让最初的快意和安逸,
离愁万绪……

穿越幽暗

独自穿越

这幽暗的夜

漫长……

岁月静寂等待

那怦然心动的信号

没有规律

有如

经过一条

又一条

看不到光的隧道

需要多大的勇气和力量？……

与孤独为伴

每一杯

喝下的

都是柔肠寸断……

谁与共？

这是上帝

造人时故意留下的豁口？

让生命往复

往复

昨日的无奈

明明可以规避复制

却要让错误

在今天往复

一再痛哭

日落成诗

总要

行万里路
路遍
这辽阔山河
转眼已是半百翁
说了好多年的雪乡
都没去
没有去不了的地方
只有去不了的人
在这一片
充满神秘色彩的思想沙漠
我们搭起了帐篷
在别人眼中
是黑
在雪的眼里
是白
在喧嚣的眼前
是无!……

酒

已然难得

好酒

更不待言

人

对美酒

始终有着饥渴

向往

诗百首

酒千壶

饮一盏春愁

解三万烦忧

倒影醉卧黄沙万里

恍若秋水映芙蓉

如烟霞色彩

在寂寥中

感受

生命的力量……

……

2024年1月14日 于寒山斋

远嫁他乡
——游桂林叠彩山

四序轮回,
转眼,
季节的裙子又穿上。
大街色彩跳跃,
流淌,
时代的交响……
夜空中,
流星划破穹苍,
留白一方;
蘸着月色,
半枕蓝梦演绎相遇画卷,
肆意泼洒心事墨点;
让思绪,
沾满袖馨香,
起舞依恋,
摆弄这堆积如山的情感。

无目的地周游于桂林,
浪浸斜阳,
烟光淡荡。
枕山水,
笑野棠,
我闻到泥土的芬芳。
打开双臂,
品悟岁月悠长,
希望这世界没有让你悲观。
时光飞处,
回忆温暖;

第三章　苦旅、梦魇所到地方崇阿莽莽

前世顾盼神飞眸眼，
打湿今生缠牵眉弯；
思念，
有如万里长江，
无论后前，
不可绝断！……

再也回不去的少年；
大海，
从没让你懊丧。
好好生活，
休愁怅，
听歌持酒无处话离肠；
逍遥自在是向往，
管他红日霞晚。
醉，
在呢喃。
阅清波横腰布练，
一派潺流碧涨，
石文彩翠，
层叠相间。
看一场，
仪式感满满的春雨浪漫，
日夜兼程，
远嫁他乡……

作者注：

　　叠彩山旧名桂山，位于桂林市区东北部，漓江之畔。是唐代桂管观察使、文学家元晦开发的旅游胜地，按图经"山以石文横布，彩翠相间，若叠彩然"而命名为"叠彩山"。

2024年4月9日于寒山斋

温暖的故事……

肇庆市一援藏干部小弟打电话来，大吐苦水。对生活，对工作，对人生表现着灰色的困惑和迷茫！

余以过来人的身份给予解惑，并借《道德经》五十一章"生而不有，为而不恃，长而不宰，是谓玄德"开导。电话后，总觉得不够，故随手写下此诗相赠，与之共勉！

是为引。

2024年1月17日午夜于寒山斋

一路走来，
看繁花似锦熙熙攘攘。
回首间，
蓦然发现，
孤身一人伫立残阳……
曾经，
陪伴自己，
鼓励你前进的人，
已经老得走不动了，
或是，
已经不在！
你只能，
低头一声叹息，
然后，
含泪仰望星空，
继续前行……

亲爱的，
生活不易，

谁都有这种感觉，
谁的人生不是一地鸡毛？！
你不能，
因为某一个不幸，
或是困惑，
就否定全部。
不要精神打压自己，
让宿命占据思想的至高点。
打开心胸，
建树格局。
把克服恐惧之魂，
装入理念前置，
用梦想作为后驱，
勇往直前！

珠峰，
它不仅仅，
是一座山峰，
更是人类，
精神的象征；
一个让人们为之追求梦想，
勇敢探索的地方。
我们也许，
没有看到日落，
没能赶上日出，
但或许，
最后碰上了退潮……
做好自己内在的事，
是应对，
一切外在因素的依靠和基础。
先成为自己的山，
再去找，
心中的海……

观山观水观世界，
品酒品茶品人生。
倒，
一杯，
敬过去，
岁月流年！
再盛满，
饮下，
现在的苦涩，
泪水……
重新满上，
这一杯，
向每一个，
为生活努力的人致敬，
我们互道珍惜。
祝福未来！
让这个冬季，
纷纷扬扬的风雪，
描绘天然水墨。
靖晏自在，
平定内心，
用域外自省，
看这雪白的世界，
万物陷入沉睡；
只有脚下的雪地，
留下一串串，
温暖的故事……
……
……

莫日格勒河的斜阳

我是你
大漠拥抱的风
你是我
雪地脚印的重逢
泪洒尘梦
孤独无声

三千年的美丽
昙花一现
寂寞烟火草原
装点
装点起内心弯弯曲曲
弯弯曲曲的沧海桑田
年复一年
莫日格勒河的斜阳

用眼睛掬捧圣洁

盛一杯水酒
与岁月沉沦
一醉方休
有马鸣嘶吼依旧
铁蹄裹挟着狼烟旄旎
野草般的欲望
多少春秋
荣枯
付之东流

生命的河
水依然
依然流着昨夜的时光
今天的风霜
刻画着明天的红妆
有热泪盈眶
一襟星光
走了
带走天边的身影夕阳晚装
心
还在河边
流连

我是你
大漠拥抱流浪的风
你是我
雪地脚印回眸的重逢
泪洒尘梦
孤独无声……
……

作者注：

  莫尔格勒河又称莫日格勒河、莫日根河、莫尔根河，发源于内蒙古自治区呼伦贝尔市陈巴尔虎旗境内，大兴安岭西麓，号称"天下第一曲水"。

青衫仗剑
——游宁夏石嘴山沙湖

第三章 苦旅、梦魇所到地方崇阿莽莽

是谁的一抹柔情,
在这秋水,
放任。
让落霞与黄昏,
泪粉。
羞红眸眼中,
那挥之不去的背影,
有蒹葭远眺离人⋯⋯
曲终消痕,
独立香尘;
只余风絮纷纷,
波光粼粼。

青衫仗剑,
江湖行。
银钩挂月,
醉饮愁闷,
劝君莫将琼萼烟景遥分。

挥雪刃，
酒壶装满待谁温？
边城蹄快倦客染血雨，
千里韶华孤坟。
天涯踏尽，
且将此恨，
玉碗十分斟。

在宁夏沙湖丝路，
我与你同枕。
云屏孤帐销魂，
挑灯忽伤神，
问箭簇贺兰惊厥？
群鸥苍崖万仞。
岁月荏苒光阴，
总有角落安放心灵；
卸下疲惫，
容纳喜悲成雁阵。
漫溯于这里，
莺声犹嫩。
时间拱辰，
似乎放慢脚步沉沦，
看伊水归棹日暮倚朱门；
忘却浊世喧嚣，
提笔细摹闻；
千古遗文，
几案不减杯深……
……

作者注：

　　沙湖景区，位于宁夏石嘴山市平罗县，总面积约80平方公里，其中湖泊面积达22平方公里。这里有沙漠、湿地、湖泊等多种自然景观，融合江南水乡之灵秀与塞北大漠之雄浑为一体，被誉为"丝路驿站"上的明珠。

把岁月挂在笔尖
——拜谒"移动的佛堂"巴润寺

带上眼睛，
跟风去流浪，
把岁月和美景，
挂在笔尖；
穿越古今与旷野，
回归自然。
看九曲十八弯，
眺望古老的开都河，
缓缓走向巴西里克山，
走向天边，
慢慢抖落九个太阳。
无论是跨山入海，
斜倚昏黄，
偶尔也会露出笑靥，
刹那光辉的瞬间。

站在沙漠边缘，
把味蕾放在舌尖，

让死亡的胡杨,
在亘古轮回中,
继续寻找生命的盐碱。
我知道,
喜欢你不是一点,
那玲珑晶莹的野百合,
在巴音布鲁克草原,
装扮;
夏天的冰美人,
应该比冬天更易羞红脸……
静待花开,
世间所有美好自然,
都恰时绽放。
在心被围困的地方,
那就把距离交给时间,
相爱不相见,
或是遗忘!……

心灵,
是移动的佛堂;
逐水草而居,
不仅仅是快乐家园,
更是生命的向往。
巴润寺东归祖国,
历尽千难万险;
是蒙古族土尔扈特部,
从伏尔加河畔,
将日月星辰装在马背上,
把阳光搬回新疆,
最后镶嵌,
镶嵌在这一座,
最后的"移动寺庙"顶盖宝幢。
绝美藏传经塔,
金碧辉煌,

第三章 苦旅/梦魇所到地方崇阿莽莽

见证那段，
那段血泪漫长；
那种归属于大地之中，
永不熄灭的情感……

信仰，
是正义灵魂的吟唱；
而五荤，
是邪恶主宰的哭丧！
让夜风带走疲惫，
安心恬荡；
让月光驱走烦恼，
浅斟低唱；
让星星点亮心情，
长乐未央。
人生不易，
别渴求事事圆满；
给未来一个成长，
在天鹅湖放飞自我，
跟随鸟儿翱翔，
不必为取悦别人而奔忙。
学会珍惜，
照顾好家园和健康，
控制情绪，
过好生活每一天。
给自己，
道一声晚安！……

作者注：

　　巴音布鲁克草原上的巴润寺，是藏传佛寺草原深处的朝圣之地。1773年，也即清朝乾隆三十八年，土尔扈特部从伏尔加河流域东归祖国后，就在巴音布鲁克草原和开都河流域驻牧。巴润寺是东归时幸存的寺庙之一，也是草原上最后一座"移动的寺庙"。

2023年6月15日于寒山斋

天堂湖不能解忧

将三秋,
金黄沉醉依旧,
纳入时光的漏斗;
任岁月,
在乌孙古道泛舟。
阿克库勒不能解忧,
二千多年,
汉风偎守,
吹乱了你的影子,
解忧公主日夜泪流,
面南翘首……
不知那高山上的雪峰,
是否还埋葬着你的乡愁?
那驼铃旷久,
在飞天的琵琶声中,
也已酿成了美酒?……
雪莲娇羞,
漫天鲜花飞舞;
最后,落在了你的额头。
烛前潮红,
吐蕊,
天堂湖怙终不悔,
映在窗纸剪影,
淌无声春水,
倒映眼前的翡翠。

寄君一曲,
把故梓的月亮,
挂在阳关。

第三章　苦旅／梦魇所到地方 崇阿莽莽

城头上，
舞香纱翎剑，
有目光，
——似箭，
越过山丘；
在古远的云端，
斜倚寂寞，
烟火牵绊，
血染……
乱冢墨香，
静水流深人声杳，
惊鸿勾勒游龙。
风，
带不走娇媚倾城，
有大漠箫声，
在脸上厮杀骸刻痕迹。
一马天涯惬意，
蓑衣为谁？
千万年苍茫大地，
烽火四起，
黄沙古渡决堤；
胡杨，
淌血印记……

作者注：

1. 天堂湖，即阿克库勒湖，位于新疆天山山脉乌孙古道。

2. 解忧公主（前120年~前49年），汉武帝天汉元年下嫁西域乌孙国王军须靡。她依乌孙俗先后嫁给三任乌孙国王，年老思乡归汉，两年后病卒。历史学家认为"她是中国历史上贡献最大，比王昭君更悲壮、更厉害的和亲公主"。

2023年6月8日于寒山斋

心若坦荡
——再见丝路敦煌

  昨日,创作了《天堂湖不能解忧》,唤起我对那段历史的追思,特别是解忧公主对丝绸之路的发展以及对和平事业所做出的伟大贡献,深表敬意!

  那历史的尘烟朦胧,依稀看到解忧公主回归汉朝踏入玉门关时的身影……不知莫高窟漫天飞舞的曼珠沙华和飞天,是否也残存着她的遗风?……

  是为引。

2023年6月9日于寒山斋

你那回眸一笑,
撩拨时光;
虽是短暂,
有如鸣沙山,
落日昏黄,
那一抹醉人的余晖;
若月牙泉临风唱晚,
红尘秋水嫣然,
却温暖着寻常。
心,
并不孤单……

大漠孤烟,
何处是吾乡?
玉门阳关,
丝路敦煌,
一曲琵琶天地间。
那眼前,

第三章 苦旅/梦魇所到地方崇阿莽莽

飘逸的发丝,
有如飞天,
流云遮掩,
却遮掩不住天空湛蓝。
在那不起眼,
莫高窟的山坳黄坂,
油菜花开得正酣。
鸟儿独自飞翔,
说要跟鱼,
去流浪……

蒲公英不甘寂寞,
跟杨柳约定去跳伞;
今天的目的地,
有风的地方。
铁马金戈,
戈壁滩,
开启波澜壮阔的旅途,
逐流忘返,
清盼……
西风烈,
酒千觞,
小方盘城下的牍简,
写满断壁残垣,
传唱千年。
而我也摊牌不装,
告诉你,
我喜欢树的阒阒凛严,
和我一样,
伟岸!
所有的风景,
没有预案;
抬眼,
便能望见,

那幽居胸口的自己；
像行者虔诚的信仰，
匍匐在山路蜿蜒，
聆听大地心跳；
从来不是为了到达终点，
而是享受过程，
方向。
在路上，
俯瞰霄汉，
揽星河入怀，
听琼箫音渺霓裳，
感受汉唐，
盛况……

狂风如刀，
血迹斑斑，
三千里路尽染霜；
席卷漫天风雨，
枕冷衾寒。
以鬼火为烛，
照亮前方，
心若坦荡，
何惧前路漫漫黑暗？
黄沙如雪，
月下经卷，
尘鞍，
由此也变得明亮……
……

笑看秋声寥廓
——术后有感

冥冥之中，皆有定数。

昨日，到医院手术切除后脑勺痈肿，取出1.8cm×4.2cm病媒。疼痛，彻夜难眠，想及很多，故记之。

是为引。

2023年9月23日 于佛山

独站，
这穹窿之下，
星星为伴。
黑暗，
是你的肤色，
内心挣扎绝望。
身处旷野，
回响，
是嘶吼的野狼。

乡关，
何方？
云涛烟浪，
塞上孤雁鸣苍茫，
关山魂梦长。
在梦魇所到的地方，
纵崇阿莽莽，
重溟澜端，
无限静陌幽坊，
有父母妻儿开心笑颜……

一

缤纷的生活，
行行色色，
脚步匆匆；
多少时光蹉跎，
虚过。
还不如直面命运，
莫负少年潇潇雨落。
踏遍东西南北烟波阔，
举杯倾尽苦涩；
黯然抬眼，
再把归期说！……

现实，
屐痕无数。
既然开心与否，
都是一样的结果，
还不如顺其自然解开心琐，
管他门外风吹雨打衾；
笑看秋声寥廓，
山外夕阳多？
坦然接受，

这霜馀离人忆故国，
再把相思阑珊灯火，
　　泪染，
　　离索；
拨断琵琶，
　　弦歌……

二

月明江畔流碧涨，
楼亭阁榭梦高唐；
三千锦娥学汉宫，
玉笛芳年雪如裳。
富贵繁华，
只是过眼云烟；
粗衣布衫，
细品冷暖人间。
多少云龙风虎，
　　英雄好汉；
上一刻光芒万丈，
　　登顶辉煌，
　　趾高气昂；
下一秒跌落神坛，
　　遍地哀伤，
　　丧犬惶惶……

地狱的陷阱，
罪恶之手总是伸向身边。
有时候，
人性的伪善，
比现实更加骇然。
也许，
这就是人们常说的，

雪崩时,
没有一片雪花是无辜的。
然而历史:
一片一片雪花,
一遍一遍重演故事!

应怜子孙忙无恙,
莫将幽恨搅刚肠。
一切,
皆有因缘。
大风起时,
时代的灰尘纷纷扬扬,
千尺流霞擎川;
谁都不敢相信,
会落在每个人头上;
要知道,
即使这是银河微浪,
顶起的,
也将是一座山梁……

三

问悲风谁来唱和?
醉看涧草山花坐。
名缰利锁,
为何?
——乾坤无极景如梭!……
在不愉快的日子里,
向晓披衣独坐,
搜刮生活,
被现实藏下的温柔,
有晴暄风筜,
帘卷暖烟燕阁,
极目长天,

扶柳环首楼台城郭。

别错过，
雾起日落，
流金闪烁，
做时光的信徒，
今夜征帆猎猎婆娑。
有一种信念叫做坚持，
旌旗袍裙战马银铎；
立望关河，
尽全力，
搏杀阴山饮胡酌，
满眼长洲非昨，
神州焕新色。
……
……

2023年5月29日于寒山斋

对弈

半百之身,回望前尘。

历经沧桑风雨,笑阅繁华锦绣,与岁月对弈,与生命对弈,与自己对弈,终是客舍黄卷青灯凄迷……

是为引。

2024年2月19日 于寒山斋

于云端对弈。
阳光像舞者的裙衣,
晶莹剔透,
跳跃在林间小溪。
旷野沙漠戈壁,
随风飘飖,
抚摸大地……

徜徉于碧空之下,
仰望星汉茫茫。
在冰冷的历史长河中,
感受,
生命的温度。
不自觉的一抹笑意,
纯粹而甜蜜,
美丽。

挥手,
告别。
不需盛大的仪式,
也不需要温暖的怀抱。

第三章 苦旅／梦魇所到地方崇阿莽莽

或者，
言不由衷的，
道再见！
其实，
见与不见，
都在此刻的，
回眸间……

林风拂过。
思念，
道阻且长，
不慌不忙。
蹉跎岁月，
爱而不得的月光，
亲手杀死，
在旧时光里面。
埋葬，
在不知足的埋怨，
狭义、龌龊，
或是可笑的婚姻之中……
空叹：
腾龙背冷孤凤怨，
最是朱颜镜相怜；
倚香偎暖歌宛转，
半生烟雨半生缘。

钟梵阁云瑶池晚，
咫尺星斗更那堪；
落花流水春终老，
半江秋月半江寒。
……

葬身于是海
——垓下怀古

梢头秋月帘栊，
繁华落尽一梦；
有箜篌哀怨，
琵琶半响诉三生。
高冈绝岩，
八极之地起惊鸿；
但使铁骑如流纵横，
挥长戈定六合，
驰骋。
更愿锦绣山河银宫，
千秋万代，
天下一统！……

驱蛮夷，
平四方；
红颜不再，
一指流沙随风飘散……
回首望，
星汉起伏跌宕。
谁在垓下兵败？
踏凌霄苍茫，
终成过往。
又是谁对阙举杯狂歌？
泪洒初妆，
碾碎梦魇无常。

长空洒热血，
青山埋忠骨。

第三章 苦旅／梦魇所到地方崇阿莽莽

霸业皇图，

葬身于海，

雕栏拱手禁锢。

白驹荏苒向何处？

长啸一阕关亭暮，

晴耕雨读，

一杯清茶一本书。

萧萧扬花江湖，

你不曾回顾。

转经筒更迭着，

一个又一个君王黎庶……

乌江边上，

留春不住。

我等你回眸，

是虞姬，

高台湖心黛簇，

莎阶静寂黯凝伫，

归冥路……

……

作者注：

　　垓下，是楚汉相争最后决战的战场。西汉五年（前202年）十二月发生的垓下之战，是楚汉相争时期的最后一次大战，它见证了楚败汉胜、楚亡汉兴。

　　垓下位于现安徽固镇县东北沱河南岸的濠城镇。1965年固镇建县之前，垓下古战场所在的濠城镇归属灵璧行政区。

2023年9月10日于寒山斋

伪善
——诗祭巴勒斯坦加沙儿童

勿忘国耻，吾辈自强！
——借我国国家公祭日之至，发一篇之前为巴勒斯坦加沙儿童写的诗。以此，拜祭英烈！同时，誓言愿为国捐躯。
此为誓！

2023年12月13日

这个伪善的世界！
正义
永远无法彰显
沉沦
是真理无法申诉
哭墙上的圣训
疮痍满目
泪水与死亡
最后
却成了上帝之手
　　摆弄的
　　　玩具……
　　　……

一

当炮火蚕食
孩子的生命
希望，被残酷现实
无情剥夺

死亡，也只能是
另一维度的恩赐
安居生童话里
那女孩在手臂写下名字
只因方便"认尸"
他们或她们
没有深思
在瓦砾废墟
巴勒斯坦对水与食物
这个小小的愿望也变成了奢侈

失去亲人
失去家园
曾经美丽温馨的粉床
也成了断壁残垣
绝望
东躲西藏
背起了
最后破烂的行囊
地狱京观
记录着硝烟
白布裹尸的黑色创伤
看
父母的坟地之间
　　睡着孩子
　　无助彷徨……
　　……

二

制造人间惨剧
儿童被关进狗笼
平民区学校医院被无情轰炸

"我们到底做错了什么?"
一遍一遍萦绕
最后
只能与泪水一起咽下

比死亡
更可怕的是
等待死亡
然后
是不再畏惧死亡
因为
死亡并不是终点

旁观者的"长不大"才是难以想象
也许
天使的翅膀
是加沙儿童
无法理解的灵感
这世界,直到他们离开
留给他们的只有枪口和监管

三

天堂里
还有战争吗?
真不敢
不敢想象
在上天
也会被垄断

还有地方是安全的吗?
爸,妈!
你们等等我

我来了
来与你们相伴
在无差别的攻击之下
嗜血巨兽迟早吞噬太阳
这世界
终将坠入黑暗
那烧灼天空的白磷弹
确实给我们带来瞬间的光
但这只是刽子手
无限的下限

那露天的监狱
儿童坟场
赤裸裸展现
有些人被踩在脚下
有些人为了生存抵抗……
渴望和平
停止战争
停止杀戮
愿
世界和天堂
没有恶人
没有纳粹
没有法西斯
没有军国主义
……

第四章

读墨
灞桥的柳梢上路遇夏花

立尽斜阳
荡平心中千千结
换得毕生蹉跎岁月皆沧桑
秋风古原上

玉桂开了
——2024高考寄语

深藏于丝竹之中
古老谦德
拥有万千年历史沉淀
暮云吟课
诉说着
一段段故事英哲
怎忍虚设
梦里仙舸奏工尺

十八载寒暑春华秋实
磨一剑太虚凤阁
佳期鱼龙唱清和

纵写得

报国策

更应铁骨脊梁树风格

冷眼横眉

荡尽豺狼虎豹厮惹

落笔李杜丘壑

手扶天戈

赤膊挽银河

三殿笙歌

须信画堂轻攀折

大道其光潋色

丝路萦醉客

风动阆苑驻香车

倾城岷峨

玉桂

一夜开了……

……

2024年6月7日 于广东佛山

我自挥墨写牡丹
——致2024毕业季

一

把眼角的泪挂在天南
摘下星光
别在灞桥故道的柳梢上
路遇夏花
将一汪
心事托付影子
陪同相伴

看那不懂事的琴弦
零乱
错把相思拨弄
揉碎了风的海浪
泼洒满
写意留白丹青
星星点点

火车追着行囊

奔赴远方
梦想
燃烧在十字路口的街头
还像第一次见面
让笑靥
不经意间驻足怀念……

二

听一别鸣蝉
烛下桂香
席卷了数载同窗
那无法兑现的邀约
请柬
青涩不及撕裂日历上
挥手道再见

夜来寄情渐散
银钩满
指南山
胸养浩然正气
豪情冲霄汉
三万里扶摇鹏举
惊涛拍岸

我自挥墨写牡丹
拜佛陀
沐月亮
在凤凰树下喝一壶樱花酒酿
却道缘起空相
应信无宰？
哪堪自然！……

三

前路漫漫
君向何方？
执手长亭尽无言
难收泪眼
一曲红尘肝肠断
了了广陵香檀
小字香笺夜来寒

此去临水登山
空愁憔悴相逢晚
三冬六感
倍觉凄凉
问世间万千风雪
尽数是夏日炎炎
独苦朝天

望中芳草暮云黯
对堤烟溪半
酒力渐浓
立尽斜阳
荡平心中千千结
换得毕生蹉跎岁月皆沧桑
秋风古原上

2024年6月23日 西安

风起时……
——写于黄果树瀑布

风起时
倘若你不来
我将跟随树去流浪
山不见我
雪花带着我的泪
在你心之上
再添繁华

听了风的话
斜阳爬了我想爬的山
因为恐高
雨流成了河
长空栈道
总归要留点遗憾
没有鹞子翻身
风说
云会给你答案

走过险峻高山深渊

有虹霞悬挂川前

流银飞瀑

玄武岩在跳舞

那是风

若干年前的样子

我不知

我是谁?

也许——

我

就是风

风的舞姿……

……

……

作者注:
　　黄果树瀑布,即贵州黄果树大瀑布,是世界著名大瀑布之一。黄果树瀑布的名称就来自这个神话故事中结"黄果"的树,出名始于明代旅行家徐霞客。

2023年5月13日于黄果树瀑布

夜雨丁香

紫幽入梦
半遮半掩
淅沥
盛放
若流云曲径芬芳
拥清雅于跫音
踏水墨之桃源
这一刻
不经意擦肩
钟情于回眸的昏黄
任幻想在雨巷
思绪间
游荡……

一襟浮动傲霜
满怀情长
愁怨
　美丽
　　思念
糅合几分黯然
把花季一再吟唱
又见
　丁香
还品
　流年
掬盈一份恬淡
将晚风一帘
蝉饮
成平仄悠扬的诗行

第四章 读墨〉灞桥的柳梢上路遇夏花

重启琐碎日子
拼接希望
闭上眼
看飞吻轻言
让笑声送播化蝶故事很远很远
有层林尽染
山间
描摹尘世惊鸿客
写不尽寂寞秋思惆怅
清欢
携桂花酒酿
拾落叶
醉簪绾
换得林泉白云边
去留无意
荣辱变迁……
……

2023年8月23日于林芝鲁朗凌云客酒店

潇湘雨

这潇湘的雨
一直在我心里
总是让人难以忘记
从洞庭下起
纷纷扬扬
淅淅沥沥
下到了岳麓槐市
流淌着千年的
进学在致知
拼搏锐取

朱熹弦歌不辍
闻满庭书声成律
嗅得草木香气
颂唱着

第四章 读墨／灞桥的柳梢上路遇夏花

历史的厚度
尘寰星光凄迷
烟雨不息
浓缩惟楚有材痕迹
在凝视的同时
也被它长久地回望
沉积……

这潇湘的雨
清秋通古今
步履不止
也是范希文提笔泼墨赋予
湘江精神不死
书写气壮山河英雄丰碑
使命与史诗……
这眼前弥漫的烟雨
不再是
远隔千里
在你心底
遥不可及的远方
洗礼……

2016年5月1日与家人畅游于湖南长沙

潇湘烟雨
——忆长沙

昨夜西风,
梦醒;
听窗外,
潇潇雨声。
念潭州烟雨爱晚亭,
远浦合屏,
汨山江雪楚山岭。
居含阳之光,
赋东岳宫之神韵,
有梧桐歌台水榭引黄凤,
凰腾烟寺鸣古钟,
耳边回响梵唱,
天籁之音……

遥望水边幽径,
乱峰倒影,
闲思残阳临晚递逢迎;
布雨施云,
层澜欲泣渔舟萍飘梗,
恰似当年醉里翁。
漏残露冷,
把酒更,
枕清风;
琵琶窃窃寻旧曲,
画楼沙鸥玉池波浪生。

回首望,
借阅灯火阑珊,

第四章 读墨/灞桥的柳梢上路遇夏花

疑似潇湘……
遥想岳麓黛染,
橘子洲畔,
风驾云烟。
漫溯在潮宗古巷,
追随谭嗣同的维新思想,
我以我血醒苍生,
去留肝胆两昆仑;
品读高屋建瓴奠基石板,
翻阅历史沉沦素瓦青砖,
有丁香花伞,
聆听岁月脚步渐行渐远,
感受呼吸心跳,
叩响悠长,
　浅笑,
　而安……

时间,
白驹过隙,
在你的眸眼,
浩瀚沧桑,
讲述着多少英雄好汉,
　崛起,
　魂断。
与孤独为伴,
点缀生命力量;
山川,
闻到寂寞的芬芳,
等待雪绒花温柔抚摸脸庞,
亲吻疲倦。
喧嚣过后归于平淡,
不求夏花之绚烂,
但问秋虫之恬澜,
夜永清寒,

无言,
恨晚……

登临杜甫江阁,
风雨问当年。
诗魂斜倚长沙驿,
叹,
归鸿暂寄,
湖湘行踪太散,
乱了轸宿星城。
重眠南湖港,
问客,
　别来无恙?
　从未相忘!……
在驿站相别的地方,
你抱着我,
极目湘江北上,
看鹤舞白沙流潦诉悲欢,
眼角有泪光,
　闪现,
　流连……
不觉浮想联翩,
在心间,
吟诵默念,
平沙落雁云帆远,
暮雪江天一钓船;
巴陵烟渚瞻远浦,
薄霞归舟梦千山。

作者注:

1. 潇湘指湖南。其潇湘夜雨、平沙落雁、烟寺晚钟、山市晴岚、江天暮雪、远浦归帆、洞庭秋月、渔村夕照,合称"潇湘八景"。

2. 潭州长沙驿,杜甫初到长沙时寄居舟中,船泊南湖港。

2023年9月25日凌晨于寒山斋

桃花开了

西藏的春天
浅照金碧
冰面
还有蓝色的妖丽
回望南迦巴瓦
不忍光阴轻弃

紧紧把高原的雨季
拥抱偎依

丝丝寒意
雨滴
混合着炊烟沉迷
有酥油从屋檐落下
淅淅沥沥
看莽莽雪山崇岭矗立
离魂杳杳
尚被云雾环抱
偶将断霞残照

宁靖绥远的水晶湖
封印尘寰喧嚣
站在尼洋河畔
惜青袍如草
品读时光
更使锦字写霜绡
泥土的味道
醒得很早
那一声乖巧的猫叫
算是招呼
渐结尽春梢
绿暗红英艳态相萦绕
在朝圣之路
林芝的桃花
盛开了……
……

2019年3月16日

你的模样……
——写给阿勒泰的春天

穿过旷野狂沙,
追逐黄昏那杯红茶;
迎风流泪的双手,
撩起黎明睡梦轻纱。
等候你,
眸眼流转琅琊,
那一抹,
醉人的云彩娇姹……

故事的小黄花,
从出生那年就飘着淡雅。
想你的风,
纷纭杂沓,
从河套的春天,
吹到了喀纳斯的盛夏。
而你却不在,
但也不必惊讶!

晶莹剔透的露水，
从花蕊滴下，
我用心采摘收纳。
这玲珑瓶子，
装得下禾木的晚霞，
却装不下阿勒泰驼峰塔，
风月无涯。
这猝不及防绚烂的风采，
让人慕艳惊诧……

克兰河畔，
日蚀风侵的岩刻画，
诉说着岁月沧桑。
坚金庙的梵唱，
光明沉淀，
冰霜成川入涅槃。
岁月静好，
心若向阳，
念起即馨香，
温暖……

第四章 读墨／灞桥的柳梢上路遇夏花

把风的思念，
挂在雪都银水金山，
让笑靥开满草原，
这是你最真的初妆。
缘起缘灭落红残，
不误缠绵轻烟。
不经意，
一场烟雨牵绊，
让这座城有了古朴的渲染。
惊艳沦陷，
不负遇见。

我喜欢，
大漠无边愁满天；
更喜欢，
细腻流水绕峰岚；
还有那，
温柔多情秋水一汪；
正如，
喜欢你一样。
捧心依旧，
谁不曾是少年？
那段时光，
这段过往，
都成你的回盼。
刻画，
心间！……
……

作者注：

　　"阿勒泰"是突厥语，意为"金山"。主要风景名胜有喀纳斯湖自然景观保护区、布尔根河狸自然保护区、蝴蝶沟等；其中，境内的额尔齐斯河是中国唯一注入北冰洋的河流。

2023年6月14日于寒山斋

饯辞
——拜别夏天

带上风和月亮
在香笺潜水
幽怨少年
当初偶然相见
只知逍遥美人醉即眠
踏遍河山
仍是值得人间
有闲院秋千珠帘
碧玉海棠枝纤
絮荡轻绵

中秋玉蟾
照见向日葵成熟方向
有瓜果麦子稻香
你独坐在穹苍
空空大雄宝殿
善恶一时妄念
治愈式风铃铁马金戈
白莲花的梵唱
是神祇慈航
来怀念今晚……

岁月戍边
渴望的目光
黄沙漫卷
柴火与黑土陶
慢慢焙制的窑膛
泥坯雕像

塑造着一尊尊枷锁思想
静坐云端
高不可攀
最后,却成了无法逾越的信仰……

我不知
不知远古的风华璀璨
是否跟现在一样
旧梦重圆?……
关山月冷惹尘黄
可怜白发已苍苍
心憔悴
身疲倦
但我还要坚强
是勇气生活执着向上
像狗一样苟延残喘
表现
神一般的呢喃?……

转眼间
夏日已是过往
秋天也成了风景图片
黄花映重阳
何妨清泪洒江天
愿岁月静好
时光骀荡
共谁连壁解罗裳
你我存储阳光
心中温暖
必有远方
何惧人生慨叹
荒凉……

2023年9月6日于寒山斋

时光的守望
——写于玉龙雪山

谁在大漠，
吹起洞箫？
白月光的梦想。
看繁华落尽，
陌上蝉缄言。
水墨丹青千里，
天涯何处，
客舍曲林晚。

月下弄影，
梦里华年。
在篱笆墙的拐角，
我想和你，
一起做一场雪白的梦。
冰川，
是白色忧郁；
掬捧一冬，
陈列西窗下的哀愁。
雪山，
是白色爱情；
咫尺相思，
可望不可即的流光。
流云，

是白色脚步；
看河谷被梨花铺满，
如梦如幻。

折一段时光，
写红尘悲欢。
拈一缕秋香，
执手风雨夜阑珊。
问流年，
清浅。
若爱恋，
不变。
点心灯，
守望……
你嫣然一笑，
回眸之间，
无声无息，
无语亦无言。
……

作者注：

玉龙雪山，为云南省丽江市境内雪山群，在纳西语中被称为"欧鲁"，意为"天山"。是纳西人的神山，传说纳西族保护神"三朵"的化身，也是人们忠贞爱情的象征，"时光的守护者"。

2012年9月13日

血色花冠

把岁月熬成汤
　　慢慢
　　　　品尝
酸甜苦辣的流年
有如海鸥
追逐落日孤帆
梦想
在消失的背影中
渐行渐远……

理想目光
从开始就悄悄拔尖
巨大的悲伤
往往是奋发图强起点
坚定信念
然后惊艳绽放
理性永远在帮感性

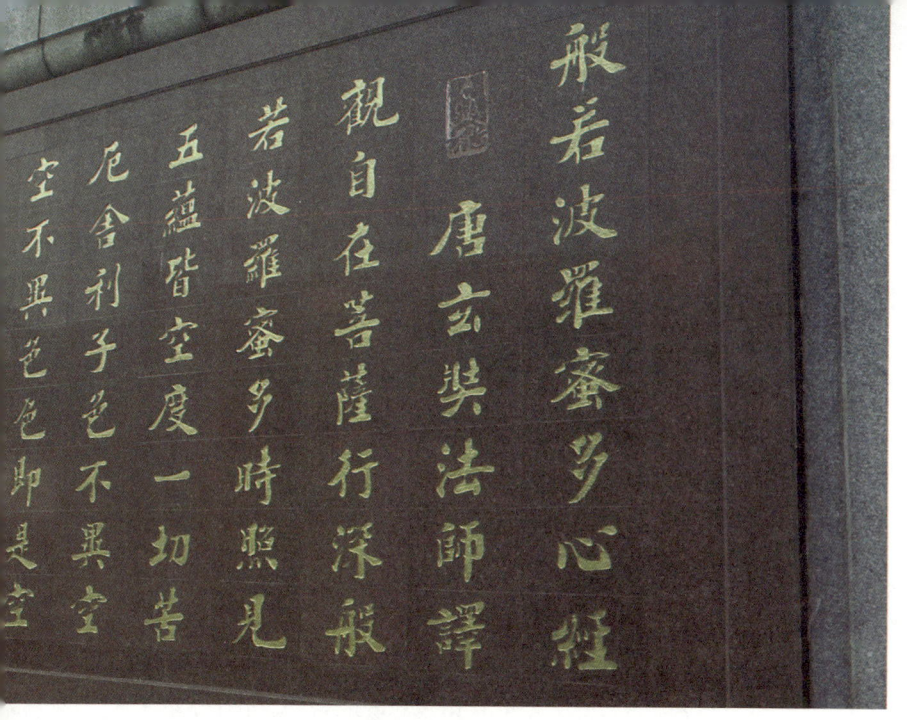

第四章 读墨／灞桥的柳梢上路遇夏花

收拾烂摊
尽力之后
成功失败亦喜亦欢
随缘

记住属于你的
是你活着的每一个瞬间
精彩高光
总有人是沙砾
方成深壑高山
支撑起人峰
其路之艰
若遍地荆棘磨难
换一条路
便有了拐弯
人亦如此
带血的花冠
　还有黯然
　泪眼……

2023年5月29日于寒山斋

鼎
——题山西青铜博物馆

云梦潇湘若轻烟
飘飖河洛山川
铸礼为器
禹定九鼎
九曲以壶装水奠与酒
埋藏于心
赠饮天下乐升平
立世俗
而不忘本真
历四时
通达大道寰瀛
看乾坤寂静
唯有日月长耀明

经岁月磨砺
锈蚀苍冥
滋养文脉青铜
闪烁骁猛
肃銮辂旋衡
富足中
尽显尊贵庄重
血液里
淬火镌刻烙铭
书诗歌赋风雅颂
折射修文执履皇家熙盛
吟诵
庙堂社稷永恒

第四章 读墨/灞桥的柳梢上路遇夏花

气冲斗牛志凌云
腹有经笥
锦绣藏胸
窥黎庶之辛
读古朴端凝
才华横溢内核
守己安分
经贫寒哀苦可垂竹帛
养修身性
青尊对客
返璞归真思想擎千古清和
回首风雨
上下五千年
大雁南飞复还来
落英缤纷绚丽舞宴

时间的木马
跳跃流转
为春积攒力量
天幕纱幔绻
曲水流觞
秦楼楚馆映霓裳
听木屐
响彻四方厢房
不见旧君王
疑骊山烽火有变
传檄文
夜点将
八百里漫卷
竖戟戈兵千千万
弓矢车马辚辚
狼烟跌宕
终究不过是尘埃
荡漾

探

陈列频繁

穿插不同经纬发展

演变

山右吉金

沉默寡言

用殷实精致

再现

华夏辉煌

在雄浑刚阳中感受

历史传承不朽之篇章

敬畏天地

威震四方

愿

春和景明

天上人间

共安康

2024年4月3日（清明）于寒山斋

时间的剪纸
——写给佛山"非遗"传统美术

岁月斑驳
时间的轮回
在剪纸中滑过
有灯花旋落
寂寞韶华舞流年
素商萧索
吹去乱红无数
小楼重帘沉吟坐
春思虚托
骸刻
生命不死的印记
没有呼喊
没有言语

镂金凿饰楚荆俗
描红翦彩晋风遗
造华胜以相为
复登高以赋诗
慨北派南系
青黄难继
契谓运刀凌秋毫
功法技艺
静默典藏唐宋华章
一行一动一举
一染一韵一笔
书写光明
这禅音梵唱证法菩提

百舸争流舟楫

未曾游

天如洗

奈何缘浅镜照沟渠

抱恨煌煌传承已告急

浮云奢望驱使

人心隔肚皮

奉承阿谀

伪装自己

面具

叹夜来魂梦空思忆

名牵利役

问君征途伫立

望陇驿

风露细

断云孤鹜

荣辱如鹤绝尘一骑

横扫西山雨霁

葆一份清幽觉意

把心灵洗涤

放下执念算计

凭谁与寄？

聆听暮鼓晨钟

品读残阳万里

远道迢递

奋起

方得三分天地……

……

2023年10月6日晚于佛山寒山斋

玉枕兰亭
——游绍兴有感

当生命

成了炼狱

痛苦

也许就是一种快乐

泪水

也会变成音符

在没有风的夜晚

石头也能歌唱

爱

并不是奢望

它只是

上帝考验人性的标尺

没有水

才能相濡以沫

人生

没有剧本

有些人注定漂泊

血色梦初醒

八万四千法门

自由撰写

浮华落尽笑凡尘

心之所往

向阳而生

面朝清簟疏帘晚风

半部云雨

竹杖芒鞋醉翁

山野游之

落子无声

满目星河皆是缘

恰坦腹东床瑰意琦行

遇良人

云梦情

定是三生倾尽

玉枕兰亭

……

……

作者注：

  清梁章钜《归田琐记·玉枕兰亭》："今人熟闻《玉枕兰亭》之名，而不知其有三本：其一见《太清楼帖序》云：唐文皇使率更令以楷法摹《兰亭》藏枕中，名《玉枕兰亭》。其二，则宋政和间，营缮洛阳宫阙，内臣见役夫所枕小石有刻画，视之，乃《兰亭序》，只存数十字。其三则贾秋壑使廖莹中以灯影缩小，刻之灵璧石者。"

2023年5月14日于寒山斋

走得足够远

在有玫瑰花香的角落
读一本书
就着琴声
佐餐一份色拉
寻觅
一个靠窗的位置
像是在相亲
要来一杯咖啡
搅拌阳光明媚的下午
日落里
有间小商店
贩卖橘黄的温柔

没有过多打扰忧伤
淡淡的愁
适时划过
丈量脚步流浪的目光
地标告诉履痕
只有走得足够远
才能知道
什么是孤独
勇敢或是恐惧
心中的理想
是至高无上神祇
荣光刻录苦难
只有空中飘飞的眼泪
才知道什么是
真正的自在
方向……

很多时候

真正让你上瘾的

并不是一件事

在契合的心境下

时间转移成虚化空间

成就

一种你喜欢的生活方式

或是接受不了

又必须接受的圈子

因为喝醉

从来不是酒精的罪过

而是

生活酿制不易

度数太高

以四十五度角仰头

在零度的夜里

吃一支有温度的冰淇淋

品酌

舌尖味蕾

甜度之余的苦涩

高原之上

我为人峰……

……

2024年1月31日于寒山斋

秋天的童话
——写给2023年鲁朗的第一场雪

雪飘，
复又晴。
闭上眼睛，
静静，
倾听雪化的声音。
垂虹千顷，
极目重岚暝，
浓墨重彩泼染古道长汀。
点丹青，
暮江吟，
斜阳清莹，
投映你秋水温柔身影。
扎塘鲁措波光粼粼，
朝晖夕阴，
幻化精灵，
飘散着乍寒雾锁氤氲……

坐在晚秋鲁朗的层林，
看山河明秀多情。
掬捧红叶，
缱绻似心，
萧然草树落霞飘零；
照见尘缘，
洒满梦境，
跟晚风，
寄远成行……
感怀时光苍冥，
哪堪酒醒？

聆听，
茶卷茶舒茶香凝，
有浓郁冰凉寂寞平静。
品悟生命，
云外，
禅心。

挑灯花庭，
细步闲寻翠迳；
珠帘半卷旧时亭，
绿苔楼阁无言娉婷。
未掩香屏，
梧桐琴台香长明；
素贴书名，
酥手轻盈，
读一本秋天的童话，
细阅夜色神韵。
作新令，
霜华映，
诗画遣谁听？
毫端写兴，
玉研生冰，
依稀照蓬瀛。
晓月，
亭亭……

2023年10月13日于凌云客酒店

风信子的面纱
——写给林芝的流云

我叫南迦巴瓦
今天来到了珠穆朗玛
风信子带着面纱
点燃阿波罗的神马
抓起一把
从花蕊滴落的相思泪
撒下
满天红霞
这时
风是自由的
你也是

西藏
没有海
却收集了所有的蓝
世间
最伟大的绘画大师
也画不出
这大自然的赐予
一直在路上
走了一路
看了一路
写了一路……

蓝色
高贵忧郁
恒心贞操是你的花语
彷佛

见到你
一样高兴窃喜
我坐在天台上
沐浴着
午后的阳光
你按响了门铃
声声作响
像我的爱恋

雅鲁藏布江
升腾缠绵
林芝不善言谈
永远
用她的温柔内敛
创造出惊艳
神奇的西藏江南
不亚于玫瑰的娇艳
不亚于百合的优雅
绽放着
典雅淡泊味道
蕴散着
华贵雍容气息
那是流云的追忆
你的坚持
就像一束光
散发耀眼光芒
照亮前行的方向
色季拉山上
铃铛
挂满惆怅
一声声
都是来自于心灵
深处的召唤……

想你，宁静而美丽
——写给北京的初雪

  北京今天迎来初雪，满城银装，有若大胆泼墨留白。故宫彤阶琼芳，青枝寒酥……

  阳光下，看星星点点丹红，掩映金黄，散落其间，构成一幅冬日的动人画卷。漫步这历史的天空，品人生百态，读岁月静好，沉思细嚼那古建营造的审美，步步成景，让人流连忘返。

  是为引。

2023年12月11日于首都北京

当雪花，
邂逅大地。
宛若你，
回风飘飖的美丽，
芳泽铅华弗御；
轻盈中，
有高贵清冷几许。
那洁白如诗，
恍惚是入梦的羽，
让这个冬季，
着雾绡，
舞轻裾。

听风，
任由银铃笑声盘踞，
缓歌纤绮。
香径里，
玉佩琼琚，
何处更寻觅？
也许，

这样的冷,
才有了别样的意义！……

想你,
宁静而甜蜜;
对着夕阳把相思与寄。
……
闻香,
起意。
把昏黄勾兑入酒,
忍将韶华轻弃;
醉拥月明,
星稀。

再取,
曲房长笛,
宫颦拂效翠眉低;
试读天气,
够一场旃檀浸罗衣,
或是咖啡时间雅局？……
秋千影里,
深院乾坤闭;
娇兰红笺问归期,
小桥溪声急,
烛光憔悴犹迟疑。
问旧欢往事,
人生苦短伤别离;
暗有惆怅起,
却道盈香浓稀。
……
……

第四章 读墨/灞桥的柳梢上路遇夏花

镜月流虹

敬巫山半段云水，
试纤腰六尺素围；
借来三行清泪，
换得一世颠沛。
忆当年绝世双美，
玉簪琼佩；
冷香飞，
妒娥眉，
有桃花伤情绽放，
千娇百媚。
晓色云开处，
晚霞微醺嫣红；
三千清梦风月揽星河，
沧海横流尽成空。
相思令，
几回重，
奈何秋雨惹惊鸿。

昨夕画楼小筵欢纵，
太匆匆，

愁衾半拥，
疏帘锦被谁与共？
红烛花影，
闲阶独倚梧桐。
庭轩玉槛下玲珑，
绣带渐松，
星孤露寒恨夜永。
弦已断，
曲未终，
犹恐声歇各西东；
骊歌绕梁，
应醉绮罗丛，
眸眼写苦涩清醒笑容。
鬓影落青铜，
寂寞零落也倾城；
恍惚间，
指尖划向浮生，
镜花水月流虹，
心动，
泪蒙！……
……

2023年8月19日于佛山寒山斋

花开半夏
——生命自画像

金秋月圆，
在这收获的季节，
是不是意味着，
所有都可以落幕？
桂花香的日子，
流浪的脚步，
丈量着日晷。
木吉他说，
一定要去看一次云海。
在风起的晚上，
一群有趣的人，
围坐火炉边，
听山说寂寥，
海不终老。

远离尘嚣，
品读群山回响，
寻觅自然之美，
感受着空气静谧。
在离梦最近的地方醒来，
有鸟儿歌唱，
树叶沙沙，
让每一个细胞，
渐渐复苏！……
我好像不属于这里，
又融入其中！
只有沸腾的欲望，
在黑暗中观察，

劝说着可怜的坚持，
万物是风暴，
终要吞没孤岛；
再不见，
浪滔滔……

给生命放一次假，
让时光停歇；
无奈流水的沙漏，
托举岁月。
红尘的舟，
承载着华年，
在脸上骸刻沧桑，
悄然的过往。
从喧嚣走向沉寂，
韶光一瞬，
花开半夏。
匆忙中，
内心的自在，
多了一份淡然，
　　一份宁静，
　　一抹怡人的清香……
平凡中，
偷得浮生半日闲，
笑看生活纷繁。
心自清，
风月朗……
　……

2023年9月20日于寒山斋

无题

风
吃了一个晚上的灰
站在路边
漠视着人来人往
这街道的砂砾
贫瘠土地
思想旗帜下
泛起堕落金钱经济
没有把控
飞速的自由落体
高喊"我要起飞!"
兴奋地人们摇摆神经质
血脉喷张刺激
涌动
还有见不得光撕裂的原始
最后却成了
道德之外的法理

2023年9月9日于佛山寒山斋

无题二

在狭小的时间
生命原点
思想
给爱赋予历史
无限空天
岁月
把你我的距离拉长
成了遥远

春意归来
看美人头上
袅袅幡华
朱扉半掩斜阳
希望
兴致盎然
与世界交手
一直走在开满鲜花的路上……

2024年6月9日于佛山寒山斋

上兰舟·白头
（古体诗）

　　应友德峰命题，看图作文曲谱辞章。奈余才疏学浅，甚好附庸风雅，故胡诌几行，贻笑大方。
　　是为引。

2023年10月22日于首都机场

春

乍暖还寒梅香瘦，
雪残风生满襟袖；
醉里桃妆迎晓露，
蝶舞天涯恋花羞。

夏

三千珠翠烟丝柳,
华渚虹桥凝眸流;
娉婷袅娜共携手,
红浪鸳衾上兰舟。

秋

深径满庭花似绣,
栏菊沾愁月西楼;
婵娟一种影斜照,
雁飞南汀空悠悠。

冬

江湖夜雨五十秋,
谁能许我旧重游?
无端岁月何曾老,
几度春风已白头。

光摇潮生

（古体诗）

　　应友嘉彬之请，为其离开家乡揭阳赴河南焦作求学40周年赋诗文。余不才，甚是惶恐；奈何难却盛情，遂书撰几笔，以酬君心。

　　是为引。

2024年7月17日于寒山斋

一甲子风雷似梦，
四十载春秋鲲鹏；
虽千里笠覆烟雨，
尤记得当年三更。

枕戈黄河筝鼓胜，
学宫砥砺剑始成；
翱翔九天宏大志，
吞吐山岳雾凝峰。

冰湖洗劫饥寒逞，
蚁蜉哪堪撼孤城？
击水抟摇凌傲雪，
闲庭信步独攀登。

纵是画堂金镫冷，
霜华匹马踏西征；
槊钺扬锋擎龙纛，
光摇中原看潮生。

春野
(古体诗)

山光诗画弄春晖，
莫为轻阴便拟归；
纵使流云无雨色，
卧看蝶影被莺催。

前日寻梅花下醉，
今朝曲散烟浸谁？
哪惧幽冥低映水，
三千风月倚清辉。

2023年4月9日与友肖国鑫作于青城山

问红颜
（古体诗三阕）

一

阆苑琼楼枕高耸，
秋宵残叶舞愁红；
蓬山双鸳帘影动，
绿鬟半醉浴兰丛。

二

渭城短亭锦筵送，
觥船一棹湖光浓；
风龙云虎载戢罢，
渚莲霜晓别梦中。

三

吟云唱雨问伊懂，
犹恐镜月终成空。
心意灵犀谁拨弄？
莫将流虹倚桥东。

2023年9月8日于寒山斋

梅开甲辰
——除夕夜举杯贺新岁

凤舞箫鼓沸,
龙腾震风雷。
飞扬三尺剑,
笔墨溅芳菲。

无限春光美,
凌寒翠幕微。
红妆何处觅?
傲雪品新醅!

2024年2月9日于汕尾海丰

第四章 读墨/灞桥的柳梢上路遇夏花

茶花吟
(古体诗)

芳菲锦团绽金蕊,
香气萦绕凝霜随。
花中娇客茶仙子,
一树眷红送春晖。

疏影横斜云月堕,
清幽雅逸故人归。
缱绻流光回眸望,
三千娇羞画帘垂。

2024年1月20日(癸卯大寒),
应友海英之托写于佛山顺德寒山斋

夏荷
(古体诗)

夏日炎炎初以荷,
凉风习习阿且娜;
锦衣冠盖向晓色,
分明画出玉人歌。

水云薄薄相思客,
粉笔红笺谁消得?
瑶池洗妆依鬟侧,
轻颦浅笑拥青娥。

2024年7月6日于佛山亚艺公园荷塘

第四章 读墨，灞桥的柳梢上路遇夏花

野渡
（古体诗）

夜凉酒醒，半山听雨。

临风凭阑独倚，品茗聆读古琴，有感直击心膻，久久不能平息。故记之……

是为引。

2023年9月7日 于寒山斋

心有层楼残露冷，
眉下倾城翠被灯；
纵有相思铅华淡，
直上九霄调秦筝。

三千风月鸳屏梦，
蛟龙苍海七转腾；
万重云水泪墨怨，
躬耕山野度浮生。

第五章

家园
让生命沉浸在岁月温柔

沈靖空间，
胸壑万丈，
定格唐宋诗篇。

重拾儿时的味道

昨日
偷偷回家
却推不开
梦里的那道木门
耳畔鸡犬相闻景象
也变成了
一地荒草
野多稔熟透了
干巴成父亲额头的皱纹
在院子水井中倒映
成了
我的模样

在后院
自留地里
挖了几个野生蕃薯
建筑起窑炉
像极了
后山上爷爷的墓冢
燃烧的火膛
香烟四散
可别被母亲知道
要不
会被藤条追打
鸡飞狗跳
记忆中的小孩
是我

重拾

儿时的味道
有会心一笑
童年
成了怀念
感慨万千
抚摸这滚热的土地
一半是回忆
一半是泪水
苦涩的焦糖味
却怎么也
吃不到
当初的感觉

给自己的宿命
上一炷香
敬一杯茶
让生活有茶的妙曼
婀娜多姿
让灵魂有心怡香气
净洁通幽
展现这
片刻的宁靖
一人一茶一心境
闲时
能饮一杯无?
……

2024年1月31日 于寒山斋

印象童年
——写在"六一"前夕

小时
童年曾经是啼哭的风雨
委屈的泪滴
打落腮红的花季
流成了满足欢畅的小溪
金色阳光泼洒自由
前言不搭后语
永远是快乐完美阐释
渴望玩具
数着星星梦想的日记
在脑海挥之不去

长大后
童年滴在时间的海洋里
成了遗忘的记忆
稚嫩搞怪哭笑不已
昨日故事

犹如镶嵌心中的珍珠
柔美珀光迷离
永远难以忘却
又仿佛隔着毛玻璃
在你窥探时
只余影影绰绰痕迹
模糊有趣

后来
童年又在怀抱里
儿女啼哭声中延续
在梦魇绽放微笑
激起
坚强工作那一丝涟漪
成了苦涩的甜蜜
有时夜半你把我脚踢
看着你

呢喃细语
平静的呼吸
有泪花微微泛起
盼你
健康幸福厚积成器
愿你
磨砻砥砺万里鹏翼

再后来
童年在老眼昏花里
弄孙含饴
与你同声同气
打儿教女只为你嬉戏
从你
眼泪折射的虹霓
这一缕阳光是打在自己
一张张泛黄照相纸
清晰的童年印记
短暂美丽
却无法抗拒
陪你长大
我已老去
这画卷炫目旖旎
是一部精美的朦胧诗
让你读了又读
更是一杯淡淡的茶
让人回味无比
归去来兮
松鹤相倚
……
……

2023年5月29日于佛山寒山斋

觅

　　半世清贫半世忧。转眼又是一年周,望着儿子生日烛影,内心很想"葛优躺",奈何躺平无法消愁;环顾老小家室,一眼袋口,一声叹息,怅惘……

　　睡吧,明天还要早起奔走!

　　是为引。

2023年5月12日

握手都市繁华
咽下一半人间尘烟
追逐云上天堂
内心一半积雪终年
人在他乡
心底
住着一个回不去的故园
鞭长驾远
一曲阳关

鸢尾正盛
有失落流云
从来路流向心路
在短松冈的孤坟
看不清
这是缥缈危亭
还是月色凄清
或是春雨泪眼冰心
从古滴到今
滴滴到天明……

第五章　家园／让生命沉浸在岁月温柔

三杯清水
酿一世混浊浓醇
沉沦
两袖清风
读漂泊过客人生
困顿
成就迷茫天空
有星星烁闪晦明
那是你的眼睛
紫惑？
晶莹！……

共孤光
话凄凉
酩酊举杯
邀月解烦忧
山川佐酒风雨东流
独酌相思愁

畅饮半身风尘
却道一生萧瑟寂寞休
月在杯中
你在心头
握着笔的娇羞
抖落一夜霜华
让生命沉浸在岁月的温柔
教目光邂逅
蓦首
有烛影残红
如烟花般灿烂眼眸
疏影无声
阁楼

风起时
孤独
上路……
把眼睛镶在剑上丈量脚步
冲云破雾
去觅寻明天
这星河大地的温度……
……

墨畅文舒
——生日感怀

  自己生日到了竟不自知,好友松波来信祝贺。惊觉!有惊喜,亲朋挂记;有觉醒,又老一岁。

  半百之身,寄盼儿郎康健成长,奋发图强,不负华年!

  是为引。

2023年10月9日晚天府机场候机随笔

有一种风月,
卷页昏黄。
青葱指尖,
灯影清露涓涓,
叠合古今,
杳杳寒山;
泛红雪霏霏,
绿云冉冉。
不应梦里天上?
恰似醉眼人间!……
塘柳浣,
罗裳漫,
烟水茫茫。

垂于发际雨点,
低吟浅唱,
独自神伤。
拂皎洁夜色银光,
凝滞玄青琉璃于琴弦,
惜别三秋残阳。

欲问哪边？
不经意的回眸，
在你唇齿间，
翠眉宫样，
满地流芳。
一曲新词唱，
几回惊觉，
萦损柔肠。

沈靖空间，
胸壑万丈，
定格唐宋诗篇。
绣口奎章，
掬一捧春潮滋养心田，
晕染，
郁积成泼洒画卷雕镌，
文舒墨畅。
将灵魂注入酒坛，
得意时，
借流霞品味人情寡淡，
现实冷暖；
失路时，

第五章 家园/让生命沉浸在岁月温柔

仰白堕感受世态炎凉，
潦倒哀怆。
把鞠躬尽瘁死而后已，
士大夫的铮骨铁肩，
交由时间胰片，
检点……
在这个精神世界里，
是读书人薪火相传的信念，
是卫国者舍生取义的勇气，
是明知不可为而为之的悲壮，
更是知必屈辱而不避的坦荡。

我煌煌天朝炎黄，
气象万千，
众志成城，
同呼吸共命运奋发图强，
彰丹襟，
碧文胆；
描摹巍巍昆仑龙姿风采，
孕育黄河长江，
浸润万里，
雄奇连绵。
血脉气节在甲骨传承，
华夏儿郎，
斗志昂扬。
西北望，
射天狼，
驾辀乘雷，
横扫六合饮龙泉，
搏虎骑鲸，
重书血泪馨简，
挺起不屈民族脊梁。
……
……

狂草
——写给儿子生日

以天地为炉鼎
用万物执棋
一剑一马一壶酒
一针一线一乾坤
滚滚惊雷
衮衮诸公
风云际遇传千古
墨香道纹证春秋
留无数传奇
偷天换日
江河逆流

无尽虚空
穹窿璀璨
积毕生追求纵谈
笔附无形
斗转星移跃然绝巅

第五章 家园/让生命沉浸在岁月温柔

控神龙异象
凤鸣九天
看傲骨少年
意气风发器宇轩辕
会挽雕弓射天狼
豪情满瀛寰

狂草凌云志
高山仰止
翻阅掌心风流
跌宕起伏
沐文曲星辉
嗅武库尺牍
升华内心阈境日课增益
品悟真谛
知行合一
在精神这座无名沟壑涧谷
感知一草一木
一花一世界
太阳初升
西风徐徐……

2024年立夏于佛山寒山斋

215

每一次相遇……

沧海潮月生,
天道自成;
一曲断肠散,
琴心知音。
迢迢河汉,
森森烟波晚;
闲窗烛暗,
不堪倚危阑。

秋水岸,
卸云帆,
清夜玉颜桂香淡。
寂寞凋碧花黄,
珠泪轻弹,
头上宫簪怜双燕。
回首望长安,
天地萧瑟,
席卷八荒,

第五章 家园/让生命沉浸在岁月温柔

造化彻地通天，
画角声寒。

冰雪破春妍，
故都纤腰金缕细；
楼台亭榭托寄远山，
残柳初吐绿。
虔诚祈愿，
每一次相遇，
不会是偶然；
前世今生，
或是来世！
无论明天发生什么，
只争朝夕，
生死相依……
……
……

2024年5月12日（母亲节暨儿子生日）
于佛山寒山斋

母亲

送你一片海
还画了一片湛蓝
我在心底
埋下一片沙滩
从你的眼睛
我种下了一亩阳光
絮絮叨叨的鸟儿
像爬山虎的滕蔓
爬满整个生命
花儿烂漫
在不起眼的角落绽放……

篱笆
  栏栅
    目光
总把愁思涂在头上
最后被时间
漂白
成了照片里定格的泛黄
记忆不是个好东西
总是让人遗忘
要不就是想念
想念
你的过往
电话里的呼吸长短
把小时的泪花和现在的痛手牵
还是皱纹懂事
永不出现
你年轻的容颜

不曾老去
岁月蹉跎陪我恒远
时刻涌现……

还是喜欢
喜欢你并不好吃的饭菜香
因为喜欢
我装的很喜欢
而你
却因为我的喜欢而喜欢
一次次重复
从不变样
做着我的喜欢
有时很讨厌
你的碎碎念念
但它却陪着我度过
岁岁年年

风总会过去
雨也会下完
角落里的花已结果
而种花的人却换我上场
不知原来种花的人
现在在哪？
深情地看了看天
在心底
默默问安！……
……

2023年5月14日母亲节于佛山寒山斋

父亲的芒果

  一场大雨过后，优胜劣汰，落满地残叶败果；芒果树更加精壮了。患老年痴呆症的父亲看着窗外芒果树的眼睛却更加迷离了，总叫错我的名字，但总记得要留芒果给儿子吃……

  是为引。

2023年5月1日

把橘黄灯光
披在身上
有突兀玻璃心碎
让赤裸视觉侵略饱满
单纯的模样
撩动成熟的韵味
噬食冲动晕染
眼睛
不会说谎

有如你的芬芳
迷离徜恍
珠露琅霜

柔软的风
拂落夜的宁静
拨动
心弦的梵音
在乍暖还寒的季节
读你炽热的欢欣
恰童年青涩
琼珉
醉了一江春水
清泠
眉黛青鬐
有如你的甜蜜
蕙质兰心
扇枕温衾

供养于佛前
侍奉于案床
有你陪伴
正是暮鼓晨钟的回荡
唤儿归的乳名
敬三宝
有三牲
有三生！……
慧福厚薄
如是法传虔诚
般若金刚
因缘
功德圆满
　　无量……
　　……

抢在被父母遗忘前
——写在父亲节前夕

父亲有严重的老年痴呆症,时而清醒,时而糊涂。父亲一生最大的爱好就是写作,趁着他清醒时还记得我、认得字,多写点文章哄他开心。借此机会,也向长期被我文字骚扰和影响的朋友致歉!

谢谢大家的支持和鼓励!

是为引。

2023年5月29日于寒山斋

山崩了
贫病交侵
曾巍峨雄峰岳倾天降
弯驼成远去的背影
笔挺的脊梁
虎生而文炳
成了记忆中的童年
挥之不去肩膀上的风景

堰塞了
有口难津

第五章 家园／让生命沉浸在岁月温柔

昔悬河泻水如应斯响
沉默成泪眼的聆听
　　金蕤垂琳琅
　　踽踽而独行
　　就那样耀目着走远
　　在黯愁浅伤中缄默如瓶

模糊了
锢聪塞明
昨秀外慧中云起龙骧
懵懂了大脑的眼睛
　　语焉且不详
　　沧桑中仃伶
　　那绵长悠远的挂牵
　　是湮灭岁月中看不到的锁芯……

那意识中的伟岸
坚强的靠山
垂垂老矣步履蹒跚
那心目中的堡垒
避风的港湾
现也已是
冰凌雨雪风烛残年……

亲情

有一种力量

父爱母恩

更是老酒弥香

精美隽永温婉

伴随古老的历史

 潺潺流淌……

赴海奔山

只为那心中的日月歆羡

抢在

被父母遗忘前

我还是你的裙屐少年

 驰马试剑

 荣耀辉煌……

易位而变

由我担当

扛起今天

这家庭的喜怒哀乐酸与甜

天地重孝孝重先

及时孝行

别让春秋落泪徒增遗憾

赡养

陪伴

满足老人内心的渴望

这也许是人生

人生苦旅中的考验

 篆练

或是最大的修行

 苦禅

 ——善！……

 ……

附文：

汉字的姿态

◎林文舒

　　一阵晚风掠过未关的窗，摇动两边的帘布。一只苍老的手抓着一本翻开的字典，纸页被风拂起，汉字淋漓地在上面伸展着自己的姿态。糟糕……书要是滑下去就不好了，我昏昏沉沉却又不由自主地扑上去接住即将滑下来的书，抬头看见远处重楼中刺眼的霓虹灯。思绪飘飞，浮想联翩……

　　我爷爷有一本非常喜欢看的书叫做《新华字典》。这简直像一个中学生喜欢看的书是《道德与法制》一样叫人难以捉摸——他简直像是一位老名士！他总是对我说"字如其人"啦，"以字养人"啦……真玄乎！

　　爷爷老了，又患有癌症，他写字的时候，手总是微微地颤抖，但落笔却稳如磐石，写出来的字端庄而典雅，就像他的性格一样朴素稳健又富有内涵。再看我写字，总是龙飞凤舞大开大阖，写出来的字要看懂全靠"象形""会意"的联想，仿佛魂归那几千年前刻在龟甲上的符号……

　　这有什么所谓？不过是传递信息的工具罢了。

　　直到有一天，我偶然在草稿纸上挥出一个绝美的字，我这辈子都没写得这么好看过！我的脑海中充斥着"文章本天成，妙手偶得之"的想法，怔怔地盯着这个字一直看，想从中看出个所以然来，但越看越陌生……汉字熟悉的姿态在我眼中被迫折分，横、竖、撇、捺，一笔笔一个个曲折弯勾的符号。猛地，我从中挣脱出来，却忘了接下来要干什么？——就是这个瞬间，这惊鸿一瞥！我仿佛看见形形色色的人从我身边走过、流动，我似乎看到，看到古社会的缩影，流淌着故人的祝福和千古的风韵……这难道是量子电磁的纠缠和传递？或是与天地通灵？——这仅仅是普普通通的一个凝眸，但在我心里，却已是贯古通今穿越时空了！

　　汉字有如活在你的灵魂里，活在你梦魇中，活在你的坐起立行中；汉字的想象只要一眼，就会有心领神会的画面感。——这也许就是汉字的魅力与活力！自那以后，我在空闲时也会看着窗外，悠然地转着笔，在有所感悟的时候在草稿纸上写下一个字；有时轻描淡写，有时出尽全力，却再也没有写出过像那次一样绝美的字。我暗想，这奇丑的字，也成了只有我才能欣赏的另类艺术了。

慢慢地，我发现我不再那么渴望在键盘上噼里啪啦，也不追求从打印机中喷绘出来的端正和规范了。也许不只是我在捡拾汉字，而是汉字在检验我；或是，汉字把我捡了回来，如一张书签被夹叠在某个阅读的暂停键，成了汉字的另一种姿态！

有时我也会想，到底是我们选择了汉字？还是汉字选择了我们？也许，是彼此刻在DNA里的某串代码让我们纠缠不休吧？！汉字就是自己的精神和姿态，一个人若是匆忙，那他这时写出来的字就是慌乱的；如果他气定神闲稳重有度，那他写出来的字一定是端庄大气沉稳有力的。而打印机里的噪声吭吭叽叽，打印机出品的整整齐齐，就好像一口卤锅，什么东西进去都被强行变成一个味道，而无法品味最开始的生鲜。

鸟群在霓虹中会失去方向，在这个容易失去坐标的时代，错杂的信息无声地把我们淹没，只有抓紧沉重的字典，才能在激流中沉淀下来，看清什么东西，我仿佛有点明白爷爷那如老名士一般的执念了。

作者注：

林文舒，为文集作者林永望的儿子。以上是林文舒初三时的一篇作文，文题要求是：《现代汉语词典》中这样解释"姿态"：姿势；态度；气度。自拟一个包含"姿态"的题目，写一篇文章。

该文，其语文老师南海区实验中学龚晓庆（指导老师）给予高度表扬和鼓励，点评道："我很喜欢文舒的文风，在看到这篇文章时就已经表达了我的赞赏之情，他有一种魔力，带我进入到他二次元的世界，听他絮絮叨叨自己某一刻的顿悟，某些表达也精彩得让人叫绝，是无法替代的个性表达。反正我好喜欢。希望这个天赋小伙能够持续产出……"

2023年3月21日

梦回新疆
——应友请求作于凌云客

大漠的风
伴随着驼铃敲响
将白云蓝天
披在斑驳岁月身上
罗布泊的孤烟
把碧水青山
踩在阳光生命脚尖
死亡
不过是暮色苍茫
另一种艺术演绎阐述
穿越穹苍
　酣畅……

第五章　家园╱让生命沉浸在岁月温柔

所有的文案
都不及路上的风景
　　神醉心往
　　走骖飞觞
我愿
化身为蝶
投入薰衣之邦
那饱满欲望的紫色海洋
　　细嗅花香
　　聊着时光
柴米油盐血色的浪漫
消磨着长乐未央
　　断壁残璋……

在梦中
诗与远方
是夙愿启航
探险极限
在雪莲花盛开的地方
有绿色征途开放

第五章　家园丨让生命沉浸在岁月温柔

　　落日浩瀚
　　　山吟泽唱……
这是你另一个故乡
——新疆
睡魇
有微笑绽放
依稀看见
原始村落袅袅炊烟
刀耕火种铿锵
还有那古老而神秘的语言
走进天山
去感受戈壁滩
秋天的清凉
有花海流水潺潺……

此刻
我高于世界
只低于你
萤火虫对夏露
　　低叹岑寂
　　　人生若寄
蛙儿带着蟋蟀
　　阅览新霁
　　　河汉无极
或许，
远眺不去打扰
用心阅读芬芳馥郁
是欣赏最好的打开方式
在酒后茶余
细品昨夜风雨
岁月不居……
……

2023年5月27日

霖铃·思念

新来双燕
惹旧愁无限
用被洗涤过的娇面
柔软故事
编织一个浪漫春天
那些经历和荒芜
已经埋葬
在世俗心里
社会犹如一条船
行进之人
变了又变

雷霆万钧
水陌轻寒
玉溪背冷波声咽
长忆龙山
别来几回云霞畔
孤村芳草远
城上风光
残红片片
随指江南画卷

第五章 家园/让生命沉浸在岁月温柔

霖铃落魄萧宿晚
听风语
去了想去的地方
看起伏纷繁
无视沉默
纠缠

向宿命
借来半生心酸
酿成泪酒二两
别来梦醒
朱弦断
管无言
追忆当初幽怨
假使重相见
夜来匆匆聚还散
炒一锅觉醒
烧三分思量
烟雾缭绕
这点燃的不是纸钱
而是未报的恩德和思念

2024年4月2日（清明）写于汕尾上达村后山

望乡
——寄凌云山大佛

看落叶渲染秋色,
林花晚风揭帘栊。
凉意浓,
几回重,
沧桑流年太匆匆;
天长漏永,
往事成空,
游子天涯极目断肠中。
回首来路,
小桥相送,
执瀰柳,
各西东。
水国蒹葭向玲珑,
月寒山色洗华桐;

第五章 家园／让生命沉浸在岁月温柔

层霭几万重，
托寄故梓问归鸿……

举杯笙箫影朦胧，
疑是月宫，
看韶华易逝，
无处觅芳踪。
五十载南北，
八千里雪飘两鬓映青铜。
银烛透纱笼，
旷野岷江青衫动；
泪洒泉声涌，
纵马羁愁上玉骢。
憔悴颜容，
折羽鲲鹏……
……

作者注：

　　凌云山，位于四川省乐山市，屹立在岷江、大渡河、青衣江三江汇合处。在临江绝壁上，雕有世界上最大的石佛巨像，人称凌云大佛，又称乐山大佛。

2023年9月11日 于寒山斋

233

秋殇

秋天,是多愁的季节。

灰白,飘渺,那一地的黄叶和这无处安放的惆怅,落寞是客居他乡的梦魇,诉说着脚步彷徨。——而家,却在海的那边,山的那头,还有心间!……

是为引。

2023年9月21日 于寒山斋

风,
闻到秋的味道,
牵手斜阳,
问好。
可多情的天空,
纤云弄巧,
远山一远再远,
唤醒江上黄花慵将照。
暗惹离愁多少?
烟村渐老。
就连岸边招摇的树,

第五章 家园/让生命沉浸在岁月温柔

倒映清波，
将柔情托付，
让鱼帮忙派件；
可怜了长脚的白鹭，
跟着到处，
修修补补，
妆点平芜回顾。

凭栏光阴能几许？
一寸芳心束。
偎倚琼楼，
有凌云词赋，
馀醒乘醉听箫鼓，
微云暗度……
寄远无以能共，
星火阑珊映舟棹，
皓首青铜潦倒，
忆往昔峥嵘岁月，
气宇轩昂纵马任逍遥，
少年英豪，
痴笑尘虑扰。
江山多娇，
千里凭眺，
借孤光倾泄相思，
传我音耗，
故园翠遮红绕。
片帆离索，
杨柳霜草。
闲读诗书渔歌缈，
念香闺正杳，
烛影摇红昏花，
更洗得海棠一树清窈。
……
……

想家了！……
——写于西藏拉萨

星星，
是因为想念月亮，
才离得这么近吗？
昨晚，
嫦娥说想家了，
所以月亮不见太阳，
洒满地月光，
深拥着地球，
家园！……

西藏，
是因为信仰，
才离天这么近吗？
而我离你这么远，
是因为我也想家了，
才在路上，
目光寂寂，
回望……

第五章 家园，让生命沉浸在岁月温柔

山高路远，
眼睛在天堂。
我穿过一条没有的路，
地图上，
开满山杜鹃。
总有一天，
你会以任何理由来到拉萨，
亲吻阳光，
拜谒自然。
我会围绕高山，
揽日月星辰入怀，
曾经以为遥远的地方，
就在眼前，
山水流云为我祈祷，
梵音低唱……

想慰藉，
一路风尘，
我睡在夏天穹碧。
去露营吧，
也许，
我想征服的，
从来不是皓月千里，
或是萍踪浪迹，
而是内心深处的自己。
或许，
我想到达的，
从来不是哪一座山，
哪一个雪地，
而是追寻生命热爱的勇气。

心电触碰，
需要多久？

从陌生到陌生的距离，
用了多长时间？……
或许，
一转身就已忘记；
也许，
是一辈子……
——心之所念，
　　均是故梓。
跟随夜莺啼叫雷池，
未来走客舍之路，
让明天拥有昨日，
说这是最好的状态命题。
下一秒却告诉我，
前功尽弃，
没有样板答案，
岁月光怪陆离！

何从何去？
思想的疆马贪瞋痴，
有如三月的雨季，
烟雨凄迷，
点点滴滴……
我问：
皈依？
佛曰：
归依！
——家在等你。
那里，
有你的老人，
儿女，
娇妻……
……

2023年6月5日于西藏拉萨

迢递寄归人

广东出太阳了。
江南此时，
一瞬万千凝睇；
蹈咏春禧，
烟波浩渺新雨霁。
看绣阁珠玑，
遥山半隐，
杏园斜风细。
奈灼灼桃李，
温热不了妆光瑶席；
恨阴晴天气，
晒不干潮湿归心，
愁闷朝夕，
焦急……

乡关迢递，
凭谁与寄？……
关于你的日子，
不忍海变桑田黯黯天际。
浮光掠影，
空想佳期；
谁曾忆？
人生多别离。
恨旧时仪容，
早已，
在沉沦岁月中，
忘记！
两无消息，
这似乎不是什么秘密？！

就如昨夜的风一样单调,
一路向西!……

人生,
若行吟旷野新诗;
何争旧事,
绿荫深蔽日。
莫让生活的轨道种种限制,
换得两鬓与霜似;
趁好景良时,
诗洒溅花枝,
楼上风和玉漏迟。
这一夜,
迢递寄归人。
酒,
暖了人心!……
在风中,
看雪。
在雪里做梦。
梦中,
看雪也听风……
与执念妥协。
在生活中,
让胸襟获得平衡,
与自己互相成全。
时光乍暖,
像大自然一样,
从凛冽中,
走来,
迎向春天和希望……
……

2024年2月7日 于寒山斋

古州的河埠
——写给榕江大河口码头

一条河
流淌着千万年的渔舟
川流不息
星火点燃横江乡愁
弥漫昨夜残酒
问石笔书云几时休？
在三江水运的信息里
晨雾烟霏丝柳
把萨玛母题存进记忆
金堤如绣
别来五榕几经秋
独石回澜旧曾游
泪沾襟袖

我沿着河道
翻阅历史

第五章 家园╱让生命沉浸在岁月温柔

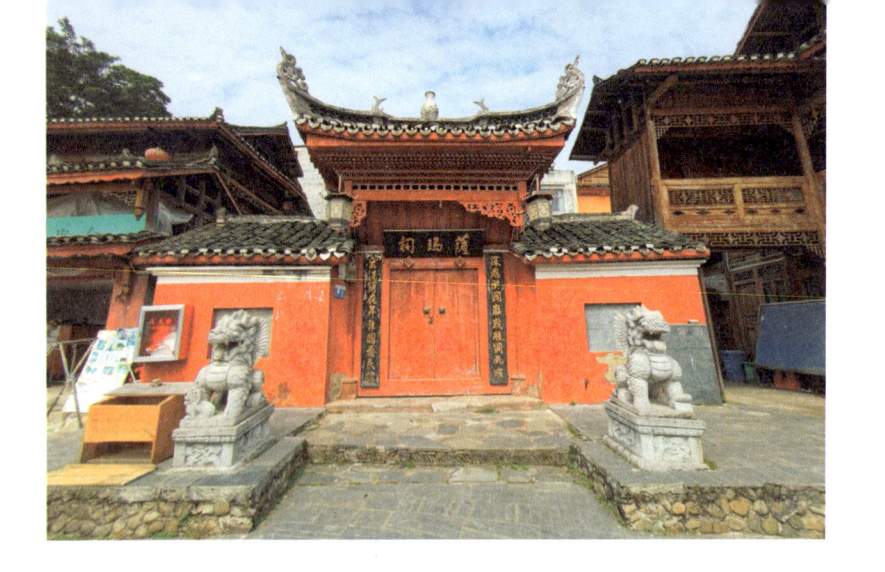

读自然浑成意境情趣

花落处

长亭暮

月出寒鸦鸣还聚

流传着

一则则唯美故事

品味古洞石书

凭栏遥望

见雁行南去

野旷天低

一声横笛

浸润了苍茫大地

数轻霭低笼芳树

共仰明星夜观万古诗

烟雨中漫步

一个风姿绰约女子

迈着优雅步履

在慵懒的时光里

不期而遇

被长廊和青石刻写

灵魂深处掀起

滔天巨浪孤烟细

都柳江的帆影

第五章 家园 让生命沉浸在岁月温柔

浅照金碧
似一幅灵动的丹青
勾勒羌管悠悠霜满地
按新词
相思意
聚散难期
尘事常多的情节
一个个串起潇潇雨滴

从清晨开始
那原汁原味的风貌托举
羞涩云霞无端起
黄昏长堤
这古色古香码头
漫溢美妙时光旋律
石桥牌楼古宅
燃起篝火歌席
在鼓楼团聚
踏着多耶的舞步
定格过往舟车旅迹

潋滟岁月
凭谁与寄
阳光吹洒树影婆娑小道
葭苇萧萧风淅淅
正是早春天气
翘首以待的浪漫
忍把浮名牵系
在深邃的历史文化中沉醉
相怜相惜
簇娇罗绮……
……

2024年3月16日于贵州村超

凭朱槛
——托寄秋风寒蝉

夜寒衣薄，宿醉乍醒。
菊灯轻酌茗香，诗书随风翻阅；苦涩中，未能止渴，头疼描读秋月……
是为引。

2023年9月5日 于寒山斋

看叶片
伸展舞姿妙曼
寻梦亭下一曲清蝉满
天遥云黯
画船横倚江桥晚
芳草浓染溪南
半重风雨半重山

听花瓣
羞涩情思绽放
有米兰散发幽香
融化了蓝花藤的忧伤
翠鬓秋烟
收获季节感动自然
对酒且开颜

寒灯畔
夜读诗书眸眼
回澜嫣然
聆听心灵色彩斑斓
花开见佛悟无生
点检远梦无端欢又散
故人千里凭槛

器
——参观墨脱石锅作坊

器
重心
而不重型
重用
而不重量
心无尘
念无垢
不受器之影响
自有芳华

穿越大自然魔法之门
在迷茫时看看天空
感受四季滑梯
鬼斧神工
身处墨脱隐秘的莲花圣地
愿化作一缕清风
飘荡
在这宿命造化的山中……

江山如画
绘法轮常转日迈月征
云涛烟浪
读朝圣之路一秉虔诚
回首前程
风喝了一宿的酒
月看了一夜的灯
烛流了一壶的泪
我做了一世的尘梦……
思往后余生
心灰意冷
肃然无声
瞑矇
老翁……

走了
青春没有得失
　　没有售价
带上行李
没有目的的目的
直飞
幽潭山溪
敞开胸臆
接纳日月繁星
让内心在旧史前经
范蠡扁舟
尽情地撒欢酩酊
醉成万古遗愁……

作者注：

　　君子不器。君子心怀天下，不像器具那样，作用仅仅限于某一方面。器者，形也。有形即有度，有度必满盈。故君子之思不器，君子之行不器，君子之量不器。

2023年5月12日凌晨于鲁朗凌云客酒店

第五章 家园 / 让生命沉浸在岁月温柔

珺璟光芒
——拜谒中国远征军松山抗战遗址暨第十个"烈士纪念日"

华夏国殇,配享太庙万世香火!
中华英烈,应受明堂千秋仰拜!
——人民英雄永垂不朽!
是为引。

2023年9月29日晚(癸卯中秋)写于云南保山

千里迢迢,
来见你一面。
花期已过,
只有门前老树独守空房。
残荷上的心事,
告诉昨天的梦想,
你已不在,
空余彪炳松香氤氲飘散。
栅栏旁边,
枯藤上,
聒噪的寒蝉,
还在喋喋不休呢喃,

247

羡慕嫉妒恬静的睡莲，
君子如珩，
珺璟光芒，
保持着优雅端庄，
穆穆皇皇，
济济翔翔……

萧素清商，
吹皱一池云锦横塘；
朱扉暗掩，
柴房竹炉影半爿。
独立斜阳，
天地流殇水茫茫，
难诉我心哀伤。
莲舟荡，
惊起望，
歌弄韶华梦里笙箫远，
往事不堪成惆怅！
紫丝障，
泪成行，
东阁薄澜雪如霜，
弯环愁眉关山雁字长。

独行客默然，

第五章 家园\让生命沉浸在岁月温柔

脚步无端问垂杨,
花溪水调谁家唱?
未曾谋面,
道尽辛酸!
恨路边车马飞溅,
无视枝头,
坚持孤芳;
碾压雨檐坑洼闹嚷嚷,
说与傍人陇头路漫漫……
仿佛间,
你逆光而来,
轻按琵琶语娇声颤,
几回欲言,
暂停牙板。
把盏清酒人意共怜花月满。
——问边塞戍邑应闲?
铁马啸西风,
金戈扫狼烟;
将士许国,
血染疆场。
三军剑指强虏星旗动,
引弓弦,
射天狼;
寄瑞光万丈莫负广寒,
玉宇银蟾,
霜华满堂,
边秋归鸿何处是故乡?
……

作者注:

  松山战役又称松山会战、松山之战,是抗日战争滇西缅北战役的重要组成部分。中国远征军于1944年6月4日进攻位于云南保山市龙陵县腊勐乡的松山,历时95天,本次战役胜利将战线外推,打破滇西战役僵局。同时,拉开了中国对日抗战大反攻序幕。

第六章

宿命
定格意气风发衣袂飞扬

墨客遗恨曾百战,
同一玉蟾,
共赏孤轮,
谁听你呢喃?……

风华一指流砂
——甲辰清明祭祖

雨丝绵绵，
青山寄托着思念。
露滴似泪，
伴随害羞的太阳；
跟晨风踏上，
儿时的脚印，
蹒跚。
胆怯地，
张望，
在这熟悉又陌生的土地流浪……
早起的鸟儿，
请别叫醒春光；
让疲惫的昨日歇歇脚；
也让辛苦一生的长辈多睡半晌。

四月的云霞，
香烟袅袅，
重燃绛蜡。
明灭不定岁月幽暗，
意浅愁难答；
纸帛小砑，
那追逐眸眼潇潇雨下……
把酒隔空邀举，
对饮天涯，
杯深不觉琉璃滑。
祭祀罢，
有云驾；
烛红两行尊前落，

青斑似画；
草头颜色坟前挂，
数朵闲雅。

唤儿孙有孝，
捧掬黄土，
抛洒，
叠加。
恍如尘烟入梦，
浓装艳抹；
厚重了镜前皱纹，
惜胭脂檀粉朱色已干巴。
慨叹，
这尘世间的造化，
惊鸿一瞥，
一现昙花。
永恒，
刹那……
吟一曲，
叹风华，
不过是一指流砂，
可怜苍老白发，
也仅仅是那襟流砂年华……
……

静读大雁南飞
——写于甲辰清明

繁华落尽。
这过后的孤独,
谁来奏响琴音?
那潺潺阿娜,
有如盲人,
睁开眼睛。
是伊甸园混沌初开,
掀启滚滚红尘,
不同命运。
在现实生活中,
品悟,
生命岁月最原始的童心……

静谧的夜,
撕裂电影银屏。
几只可爱的精灵,
钻进梦境;
有西窗共剪,
也有霜刀雪剑残垣断壁横。
山水一程,
风雨一更。
谁在踽踽前行?
闭目,
聆听。
默念君来有声。
我抬手欲留,
你浮萍半生,
一汪逝水烟波暮霭沉。

举杯祭奠,
前世桃花漫舞纷呈。
半帘弯月,
流过时空,
萦绕古远的灵魂;
定格意气风发衣袂飞扬,
还有你转身而去的脚步憧憧;
从指尖滑过离恨,
泪盈……
滑过,
某一个角落安身,
是汉唐先秦?
或是宋元明清……

泪,
如此混浊凝沉,
蹙破眉峰,

第六章 宿命、定格意气风发衣袂飞扬

将晓还阴。
幽香从崖底飘来,
几簇野花炫耀本金,
被连绵宿酒醺醺。
揽美于东南,
彤云收尽,
争如归去睹倾城;
总有一种感觉,
说不清,
道不明;
浸润心扉,
感动心境。
置身于苍穹,
俯仰天地扣九宫;
喧嚣过后,
细数琼楼繁星,
静读大雁南飞,
万木凋零……
……

方向
——写于鲁朗凌云客

云舒云卷
风起雪扬
有曼珠沙华从天而降
一念叶生娑婆
一念花开彼岸
三千年道藏
繁华
相念相惜不相见
弹指一挥间
有？
虚妄之相
无？
随念！……

来路茫茫
　　从来路来
　　从去路去……
不为外境摇
中心不起念
——也许是想参与
　　却没时间
　　或是运气不好？
　　哦，不！
　　是能力和天赋不足以托起
　　托起你的
　　野心和欲望！……
苦难
是人生主题

第六章　宿命、定格意气风发衣袂飞扬

轮回

永恒不变

山依然

水依旧

山不是昨天的山

水也不是今天的水

今天的我

吹着昨天的风

昨天的风

还会流淌着明天的时光……

暮鼓晨钟

梵音清净

生？

或死？！……

在轮回中

我们不断前行

我不知道

这是前行还是返程？

"卐"字符看到的

也许是正面

或许是反面

作为朝圣

我不管这是前行还是返程

我愿是行脚僧

一直在风雪中

寻找

寻找自己的方向！……

如果我

没有在朝圣的终点涅槃

那么我

一定会圆寂在朝拜的路上！……

——香火缭绕

　　得见圣山！……

铜雀台

长河浩荡
人生苦短
往事不堪回望
多少英雄豪杰气踰霄汉
终是黄土尘烟
付之一叹
生，
而艰难地活着
　　心悸律动
　　呼吸历史起伏
　　黄粱一梦
贫瘠的语言
无法表达内心的激动
　　喜悦恨憎
　　困惑死亡
　　或是万籁无声

秋思成海
朵朵莲花开
天地为纸
秋雨为墨
以目光代笔
在心底挥毫黛泼
书写宿命岁月轮回
　　晕染
　　春秋……
也许，这不过
是上苍为众生
狂草的一篇悲愤祭文

第六章 宿命／定格意气风发衣袂飞扬

花开花又落
有鼓瑟钟鸣鼎食
二乔的身影
在歌赋诗词中远去
消失
告别建安
漳水滔滔
带走多少风流
历史在夯土中沉沦
一转身
就是永远……
绝境
不仅仅是一场磨难
更是人生
人生的一种醒悟和升华
我不知道
在等什么？
是用自己的笔直抒胸臆
　慷慨任气？
或是抒发建功立业
　壮怀激烈？
也许，
在等天亮！……

天亮了
周郎没来
东风不再
只有玄武池的操练
残存着昨夜辉煌
　过往……
无需感伤
也不必哀叹
胸有阳光

　　　　总有一朵鲜花为你绽放
　　　　心怀良善
　　　　总有一片琼雪为你烂漫
　　　　雾开
　　　　放纵顺达心境
　　　　窥视穹宇
　　　　立星空
　　　　于雀台
　　　　收藏天空深邃与诗意
　　　　驾青鹏
　　　　同风起
　　　　揽日月于琼怀
　　　　听百鸟之长流
　　　　仰春风之和穆哉
　　　　有文姬胡笳十八拍
　　　　　回荡
　　　　　桑田沧海……
　　　　　……

作者注：

　　三国时期，曹操击败袁绍后营建邺都，修建了铜雀、金虎、冰井三台，即史书中之"邺城三台"，是建安文学的发祥地，台高10丈，有屋百余间，历代名人题咏甚多而名。

2023年5月19日

烟尘之外

时间
从来没有走远
只是,岁月的风
吹长了影像
躲在目光之后

用,一滴泪
折射生命
高山却与心海唱和
掌心中
红叶羞成镜前晕烛

望向狗尾草
却被芦苇斜阳刻画
蒹葭萋萋
这每一寸履痕都有迹可循
别将油彩掩藏

沙丘潜密
半裸的帷幕遮不住人性
在即将逝去的路上
或许,过期的书本
能换取你否定之言语

有时
我并不熟悉
这莫名的失色
会在照片上定格
最后,滴落在烟尘之外……

掌心的紫荆

　　立冬已过。

　　在雪飘的日子，晚风寄来了紫荆花瓣；没有言语，没有文字。我知道，这是你的问候。静默里，写满一地愁绪……

　　是为引。

2023年11月16日于石门中学

我这里的雪，
落进了你的长安。
在小雪的季节。
南方的紫荆花瓣，
飘落掌心；
不知是否也飘进，
你的心里？
欲笑还颦，
楼锁烟轻……

这时的风，
是安静的。
这时间的你，
也是安静的……
没有悲伤。
岁月，
在你深邃脸上照见；
书写，
内心不被描述的遗憾。
当晚风萧瑟，
坐看斜阳……

几时归去？

一

夜晚，
除了用来睡觉道安。
人后人前，
画皮几张。
从川剧窃来，
热衷于变脸，
可怜的自尊切换，
阿谀奉承与悲凉……

卑贱如它，
还可以用来失眠，
痛苦忧郁？
欣喜狂欢？
崩溃绝望？
或是回忆与思念？……
无边的风景清澈坦然，
直面这世间，
落幕纷繁。
相向一笑，
便是最好的遇见！

也许年轻人，
眷恋的不是夜晚，
而是，
划过躯体纱窗温软；
思想血脉喷张，
躁热过后的冷淡，

灵魂互换惆怅。
停留在指尖上，
蓝色的青春，
尘土飞扬。
记忆，
生命给予色彩晨光。
……

二

听说你要来，
人性带着假笑造作，
有形的门，
洞开着。
内心自私闭阀，
无形的，
城垣烽火，
魂断河朔，
冷月如霜紧锁……

讨厌的，
芭蕉雨疏；
嚷嚷着，
天凉好个秋。
失落，

掂量着寄托,
牵扯荏苒过往诉说。
寒鸦,
叫醒寥廓,
暮露萧索,
还来不及跟夕阳道别,
泪水已在叶片滑落。

时间婆娑,
疲惫的脚步,
再三偎着,
独歌独酌。
就过往的车辆事多,
叫嚣,
今晚要把昨天的蹉跎,
与霓虹一起唱和。
就着思考,
喝下迷惑,
让明天慢慢品度……

三

宿命的风,
穿过悠长的隧道;
时间比眼睛,
更容易颠倒。
岁月静好,
让人看清冷暖色调,
痴笑春衫薄,
醉将旧梦追思方寸扰。
看透了,
是一番地远天高,
迷茫时,

第六章 宿命、定格意气风发衣袂飞扬

265

又何尝不是一种逍遥？
……

缘来时，
期信钱江一线潮；
缘尽时，
却道红叶黄花秋又老。
如同此时的我，
浑浊又清澈，
在不知该称作夏末，
还是初秋的季节阡陌？
平静捏起一片寂寞，
素手尘寰，
点笔沾墨，
把飞来的落花拓刻，
轻拈淞雾云箔，
朵朵。

我与室外的雨，
隔着一座，
柔软的呼吸，
各自空着……
几时归去？
作个野鹤闲云过客。
摘得，
遥山残阳一抹，
换来半盏酒浊，
一张琴索，
一枕清波。
披烟雨一蓑，
苦海垂钓，
澹泊……

2023年9月2日于顺德寒山斋

孤独的剑
——游湛卢山

剑气,
在脸上滑过岁月的风,
傲睨一世。
寥廓天涯蝼蚁,
伤疤烙写生命痕迹,
淌血印记……
一抔黄土,
撒在逝去的来路。
你的眼里,我读不到爱意;
黄昏追逐晚霞的裙裾,
弥漫诡谲;
烘托着迷离,眼角泛起。
消失于氛围的高峰峦翠,
前缘尽弃。

肃肃习习,隐隐辚辚,
无一败绩,无一知己。
究竟谁矣?究竟谁矣?
从生命岁月将你抹去!
咆哮地呼喊,
刺骨的战栗,

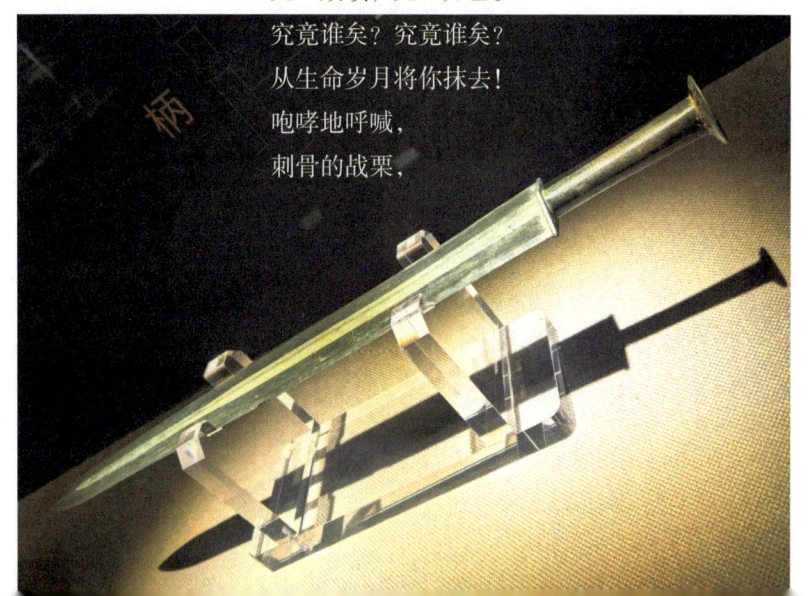

颠步嶙峋，韬光敛迹。
吞噬锋芒而潜密，
慨才华不逞终远誉；
不为正道之所忌。
手制之剑已千余，
不畏死亡之惧，
不知生命之喜；
只为，剑身镂字：
"锋之所向，天下无敌！"

血潮如铁，心如琉璃。
披头散发的鬓霜，
如颓败枯枝，
飘零在滚滚尘沙之中，
眼神茫然暴戾，
须冉张狂恣肆，
苍龙沉九渊，粼光折戟。
黯黯黑云欲万里，惊涛海屹，
江湖风雨急。
背剑孑立，蓑翁倚笠；
庞眉皓首空悲泣。
双臂残垣，仰天长啸；
剑，
再也不会出鞘。
……

作者注：

    1. 湛卢山位于福建南平市，主峰湛云峰海拔1230米，为春秋战国时越人欧冶子奉越王允常之命，率妻子朱氏、女儿莫邪、徒弟干将在此铸就天下第一剑——湛卢宝剑之地，炉冶遗迹尚存，是我国历史名山。

    2. 湛卢剑在屡易其主后，到晋代为名将周处所得，后由其子孙转赠给抗金英雄岳飞，自岳飞风波亭遇害后，湛卢宝剑就此失传，下落不明。

2023年7月25日于寒山斋

带你去看海
——拜谒深圳赤湾少帝陵

一片桃花
书写
雪域冰川一份柔情
在沙漠的尽头
带你去看海

八万里烽火
牡丹亭下
江山跌宕百五余载
香风跟随狼烟
煨染
最后
在崖山陨落
背负的南渡衣冠
成就五坡岭
千秋一饭

零汀洋不语
内心起伏哀叹
用数十万军民的生命殉国
护住宋汉
最后一丝血色颜面
丹心汗青
铮骨思想
泛舟
跟着目光的脚步
长短
明灭不定的誓言

刻画凿嵌
远古失蜡青铜
还原九鼎八簋
一个个铁蹄戮杀血腥故事
烙篆
简牍图章

木瓜树叶招摇
撑着伞舒展懒腰
少帝赵昺陵前
阳光正盛
暖风下
平淡的日子
一杯一盏
时光
温柔缓慢
心
如静月
皎洁而自在

作者注：

1. 少帝陵位于蛇口赤湾，始建年代不详，最早一次重修为清道光十九年（1839年）。商承祚手书《宋帝陵墓碑记》。

2. 方饭亭为纪念南宋民族英雄文天祥当年方饭五坡岭（位于海丰县城北郊）不幸被捕而建，故取名"方饭亭"，上有碑石勒刻"一饭千秋"用以纪念文天祥。

2024年2月21日于深圳

望不见故乡
——凭吊古战场宁夏贺兰山

雪月边塞，
的卢惊弓弦；
狂浪飞沙，
弹指天涯千年。
帷幄大氅定乾坤，
风霜脸庞，
不让血泪在心底泛滥。
看不见故乡，
伤疤蜿蜒，
满眼……

羽檄交驰，
拜寺口守望着西北戈壁滩。
八百里河套江南，
贺兰山把悲凉和哀怨，
搬到了峰岚。
岩画镌刻，
生命乐章；

是谁在黑石峁暗藏，
诡异信息密函？
又是谁借着这多彩斑斓，
偷偷泄露人类起源？
有西夏王陵诉说沧桑……

壮士断腕，
怀抱冷傲，
星斗遥指河汉。
三万万秦川屏障，
未央金甲簇雕阑。
运筹寒灯畔，
倦听陇水潺。
剑起清宵向夜半，
釜案鼓嘶喊，
双鬓纤凝蹬狁鞍。

第六章 宿命/定格意气风发衣袂飞扬

踏凌霄,
破虏征蛮。
待垅上利镞穿骨势崩雷电,
一世蹉跎终不悔,
半生戎马谁人拦?
鸿雁北归还,
无语叹波澜……

晓来狼烟灭,
古道尘满衫。
借骑修书报平安,
犹记屏山月淡,
独挡危阽。
十出三归简,
君王征宜男。
叹红颜,
哭命薄,
别郎容易见郎难。
新坟泥未干,
花暗烛残。
惜魂梦凄风冷雨篱边散,
桃李无言,
人倚朱丝栏。
墨客遗恨曾百战,
同一玉蟾,
共赏孤轮,
谁听你呢喃?
……

作者注:

  贺兰山,位于宁夏平原和内蒙古阿拉善高原之间,很长时间是游牧民族的天堂。公元前272年,秦国军队的战车彻底击溃雄霸西北大地的义渠戎后,一些战败的部落纷纷北逃,在贺兰山"占山为王,重整旗鼓",开启了贺兰山长达千年的"战争时代"。

273

把琴弦挂在天上

云，
把琴弦挂在天上；
被风，
随意拨弄。
鱼，
笑看鹬蚌相争；
说这是它的河，
肆意游动。
灯，
用目光长短折叠旧梦，
却让悲伤眼眸，
一笑倾城……
泪水，
在苦涩的酒杯里挣扎琮琤，

久别重逢，
泣不成声。

角落里风干的玫瑰，
没有花语嘲讽，
缄默的蒲公英，
在唇齿间落发为僧；
三万青丝撩送，
却笑妆容，
没有海誓山盟，
更没有凤管鸾笙。
只有孤根茭荺，
惯看秋月春风；
流水残红，
听梵音，
暮鼓晨钟，
三柱清香蒙胧；
解下心锁，
独享冰冷，
有云水须弥萌动……
守？
禅证！
舍？
五法三性愣伽峰。
放下嗔憎，
做蹉跎岁月中，
一砂砾山塍，
芸芸众生……
……

2023年4月17日，写于西藏林芝鲁朗凌云客酒店

抚琴的人不在

花开了
抚琴的人不在
雪停了
赏花的人没来
只有
山头的云彩
把你等待……

尼洋河的冰雪
情窦初开
翻腾着波浪
千姿百态
只有南迦巴瓦孑然一身
思念成灾
枯写烟花粉黛
孤寂眸眼在心底徘徊
是揩木及日泪光泼染楼台？……
风无言
喇嘛岭绣佛长斋
雪不语
黑颈鹤独舞山脉
看墨脱的瀑布
水裙风带
春深似海

怎奈
落红残雨春归去
垂泪独凄忾
雅鲁藏布滚滚东逝葬春霭

第六章　宿命/定格意气风发衣袂飞扬

枕湿更漏罔殆

酒醒天已白

忆君旧颜不再

一别沈籁

已是九霄云外……

以花为香

古秀寺兰指莲花霞采

升起五色风马

红墙罗盖

金刚鼓声声忏拜

潸慨

愿往生

心离烦恼换骨脱胎

愿来世

进退无碍悠游自在……

花开了

抚琴的人不在

雪停了

赏花的人没来

只有

山头的云彩

为你等待……

……

2023年3月31日于林芝鲁朗凌云客酒店

人逢中元寄哀思

人逢中元寄哀思
万树衢明晚生霜
菊花黄
夜微凉
几度幽魂哭天堂
灯下故人遥礼低焚香

呼兰河畔
托灯一盏
引照归家路
梦里相顾泪无言
不悔梧桐荐殊祥
冰壶画角鸿影掠西墙

红烛点点
螺水龙山夜空远
江茶小迳
诗酒钓无眠
盂兰盆遗恨怎奈向
不堪夙愿
销得蓬莱往生殿
年年阳关拜潇湘
何处是吾乡？
明月空江……
……

2024年8月17日于寒山斋

禅念
——写于拉萨热振寺

菩提树下
孑然一身
青灯
看执迷云海
芸芸众生
林僧

点燃
一片古柏掌纹
看三千年修行历史洞玄
明灭天命
成就无量善根
双手合十
同宣净土法门
我愿是佛前那朵梅
息灭外境六尘
拈花一笑
一秉虔诚

还是深秋寺前
散落的那片
千年古柏
夕阳下的波光
历经风霜
成为了雕塑法身明妆
明眸定性内观
尽力之后
因果报应随缘

凡世间
握不住太多贪念
　嗔痴欲望
　　一切空欢……

法轮常转
流传
来时皆大欢喜
走时又何必留恋
唯一属于自己的禅念
仅仅是
宿命锡年
人生苦旅的贝叶篇
每一个过程
瞬间……
……

作者注：
　　热振寺，位于拉萨林周县唐古乡。由"噶当派"创始人仲敦巴创建于1057年，是西藏"噶当派"的第一座寺庙。"热振"是"根除一切烦恼，持续到超脱轮回三界为止"之意。

2023年4月23日凌晨于热振寺

幻象·尘沙
——访海丰鸡鸣寺有感
（古体诗）

人生苦旅，山水一程。

从出生地出发，越走越远，一世烟雨均是修行。当繁华落尽，暮色四合，喧哗复归平静……

是为引。

2024年7月10日 于寒山斋

野树倦旅萧萧发，
征帆独酌乱昏鸦。
无限云水酣歌罢，
持杯静听浣溪纱。

霜叶渐红胭脂蜡，
玉蟾斜渡照天涯。
烟雨繁华归梵衲，
万般幻象一尘沙。

题华清池
—— 甲辰立冬于西安

裙袂海棠当时月,
长安烟尘叙旧约;
不见秦关风飘雪,
惟听曲水雁声斜。

醉墨泼掠锦弦灭,
霞衣蝉鬓歌半缺;
暮云卷帘梳影泪,
浓露莹彻冷香绝。

林月生
——悼伯父
（古体诗）

一

龙游泽潭山揽胜，
林岚腾达任纵横；
秦楼倾城鸣彩凤，
独上玉宇月华生。

一园桃李杨柳梦，
三尺讲台彰丹心；
百亩苗圃躬耕盛，
雕鞍画毂歌韵铮。

二

乡关磬欸秋声暮，
渔灯隐映村烟浮；
彪炳文脉传千代，
精耿清风万古书。

凄云愁雨压高土，
泣血残阳弦鼓疏；
蕙兰松菊花落处，
黄泉有泪洒阴都。

三

承秉鸿鹄凌云志,
啸虎耀雷鹏举时;
九天尽入擎丽日,
气吞万里电骋驰。

朝光旭旭无限事,
伟业煌煌共挺旗;
魂誓镰锤丹皓齿,
青春不负咏新诗。

作者注:

1. 月生:伯父表字。伯父早年任教为师,后调教育局从事教研工作,一生致力于教育事业,兢兢业业,任劳任怨。

2. 标题《林月生》:双关语。一是伯父名字;二是托寄之意,指林端岚头刚刚升起月亮,暗喻林氏家族华光昌盛。

3. 潭胜:伯父本名,故在第一阕第一句中嵌入隐意。

4. 林达:除字面意义外,暗指故梓祖地林姓上达村。

5. 鸣彩凤:取伯母凤英小名凤鸣。

6. 月华生:应对伯父表字。

2023年9月14日叩拜

第七章

读者书评

编者按：

　　作者林永望近年来在本出版社先后出版了《何处是归程：凌寒文集》和《陌上花开：凌寒文集2》两本书，在书坛引起热烈反响，得到了广大读者和诗歌爱好者的喜爱、认可，先后多次加印，分别成为当年发行的黑马和畅销书。其中，《陌上花开：凌寒文集2》还入围"第五届广佛同城共读"候选书单，读者网上投票最高分；同时，被评为第八届佛山文学奖·诗歌奖铜奖。

　　两书收到了许多读者的来电、来信和留言；他们对作者凌寒多有鼓励，也有鞭策。在征得读者和作者本人同意，出版社在众多来电、来信和留言中，精选出多篇书评刊发，以飨读者。

向往诗与远方
——《陌上花开：凌寒文集2》读后感

◎谢祚兵

我与凌寒，相识于一场纯粹的偶遇，感觉像是一场"诗与远方"的邂逅。及今回望，历历在目。在那场偶遇上，我了解到，凌寒曾是一位援藏干部，也是一位充满诗情画意的诗人。老实说我一直对援藏扶贫干部的无私奉献和卓越成就肃然起敬；他们舍弃小家顾大家，为祖国的繁荣昌盛、西藏的和平稳定、经济发展做出杰出贡献，让我充满敬意！

凌寒除了工作，平时爱好颇多，涉猎甚广，琴棋书画都不在话下。他创作的歌曲音乐作品就有《雪域蓝——写给西藏公安民警的散文诗》《天上鲁朗》《进藏干部之歌》《追风少年》等等，传唱度极高，有些还斩获不同层级的奖项。至于摄影和书法绘画，凌寒还是国家级和省市一级相关专业协会的会员。关于写作和旅游，凌寒绝对是"资深驴友"，他喜欢游历祖国的大好河山，每到一处都会留下他的诗情画意。他将青春与文学爱好进行有机的结合。如今成熟练达的他，对祖国的一山一水、一物一景满怀深情，无论一花一草还是一处建筑物，都能成为他挥洒诗文的对象，有一种"一花一世界，一叶一菩提"之感。

在读《陌上花开：凌寒文集2》，开篇之作《洞庭观月》中就显而易见："……山是冷的/水是冷的……//站在洪湖的桥上……/俯仰间/有虫鸣笑痴/若寒蝉//没有灯……"诗人夜游洞庭、洪湖，站在洪湖的桥上回望云梦泽，将洞庭的水、桥、月亮联系一起，将洞庭夜色描绘得美轮美奂。在《我曾来过——张掖丹霞山的喃喃自语》中，他是这样把大自然拟人化，把物写活的："是谁将上帝的调色板/打翻/跌洒人世泼染/成了酒红色的醉/让轮回的你我/在此/相遇/害羞一笑的嫣红//那刻南在/大地上的彩虹……"读这首诗，让人不禁跟徐志摩的诗作《再别康桥》联系起来，犹如："轻轻的我走了，正如我轻轻的来，我轻轻的招手，作别酒红的丹霞，那天边的七彩丹霞，是夕阳中的新娘，七彩丹霞的沟壑皱纹，在我的心头荡漾，更像一首狂想曲，天马行空，不羁中有点小哀愁，如形影相吊。"每到一处他都会诗意大发，足见他对大自然的满怀深情,对生活的观察细致入微。

"古道徘徊/离殇粉黛/泪滴朱唇梅花烙/暗香浮动憔悴/一痕素裳沐烟雨/邂逅/纱窗浅影/为你执剑/碎江山葬红颜何堪?……"记得第一次读凌寒的诗歌,是他在微信朋友圈上发的《梦回宋唐》一诗(出版在《何处是归程:凌寒文集》),点开"美篇"的网页链接,听着《敦煌》沧桑而又低沉的歌曲,一边读诗,一边欣赏美图。敦煌精美的壁画,以及永世传颂的佛经,顿时触动我的灵魂。这既是一首诗歌,也是一幅沧桑的古画,音诗画结合,唱出了大漠飞沙的苍穹与硝烟,韵染出了历史的沧桑与厚重,男人为战事而奋斗,女人为停战而被淹没了自我,纷纷扰扰何以堪?……此后,凌寒每次发表诗歌,我都认真研读。

在《喋血玄武》这首诗上,他开篇即点题:"天边的火烧云/是唐武德九年六月初四的火烧云/也是神龙元年正月廿二的火烧云……"当他写到"那大明宫太液池的青莲/沉沦着昔日的月亮/芙蓉娇羞/杜鹃夜啼……/千官望长安/万国拜含元/那山呼万岁的回响/那大赦天下的人们/人影憧憧久久不曾离去……"时,我们仿佛可以看到,一千多年后的诗人凌寒站在喋血的玄武门脚下,回望历史,抒写玄武门那一段段血腥的政变。在诗人眼里,他不觉得"喋血"是玄武门的错,而错的是人性。他还灵活运用通感,把"刽子手"与"人性"联系到一起。他认为,"刽子手/不过是张/看不见摸不着的白纸/最后由胜利者书写神圣/或是天命……"这首诗让我感触玄武门依旧在,山依然,水依旧,当事人已不在,古今多少事,都付笑谈中。

"我不敢向前/也不愿眺望/时光白沙流淌/我怕陷入无底深海温柔//那千年撕杀战场/那将士戍边/洒下的思归哀叹/捧一抔沙/与那一地白骨对话/在南腔北调中/倾听被深深埋藏着的/乡愁……"读到《玉门关叹》这首诗时,不禁让我想起唐代诗人王翰的《凉州词》:"葡萄美酒夜光杯,欲饮琵琶马上催,醉卧沙场君莫笑,古来征战几人回。"凌寒用他那明快的语言、跳动跌宕的节奏,传递着奔放的、狂热的情绪。他的诗歌有一种让人激动和向往的艺术魅力,这到底是冲动?还是熏陶?……

当我在这一首首不经意的阅读中,读着读着,不知不觉就成了凌寒的"诗粉"。同时,关于诗歌和围绕诗歌的话题也就多了起来,我与他也就有了更多的交流,而我也有了更多学习的机会……诗人荷尔德林在《人,诗意地栖居》中写道:"人充满劳绩,但还诗意地栖居在大地上。"诚然,生活本身就是五味杂陈,谁的日子里没有劳绩和困苦?但是,一千个人眼里就有一千个哈姆雷特——这是我眼里真实的凌寒,他有着许许多多与其他人的不同之处。同样是雨天，有人会伤心落泪，思绪万千，也有人倍感浪漫，惊喜连连；同样的夕阳，有人认为再美也很短暂，也有人赞美余晖中孕育的新生与希望，就如杨绛先生曾说过："生活，一半柴米油盐，一半星辰大海，放一点盐，它就是咸的，放一点糖，它就是甜的，放一点诗意，它就是别人眼里的远方。"

人生匆匆，如白驹过隙。愿你我都能看透这世间繁华，参透那人生真谛，柴米油盐浸透着星辰大海，锅碗瓢盆盛满了诗中的"处处诗意和远方"。往后余生，只生欢喜不生愁。《陌上花开：凌寒文集2》不仅是一首首诗歌的文集，它更给人们提供了看待事物的另一个维度。有人说，生活的酸甜苦辣和诗歌本是一体，没有每日三餐，身体无法存活，没有对诗与远方的向往，生活将变得枯燥，灵魂无处安放。

路漫漫其修远兮，吾将上下而求索。心有诗与远方，眼中有画，无论身处何处，都能惟吾德馨。探索真理，追求梦想，闪烁着理性和哲学光芒的诗作，在《陌上花开：凌寒文集2》中还有很多很多。如："梦的气泡/却在精心设置的酒杯里/一一破灭……"（摘自《啤酒》）；又如："阳光很不懂事/闹钟未响/便来串门/自来熟的热切/不打招呼就趴在脸上/偷偷地说/宿命并不完美/留点/遗憾的霞彩/给下一次见面的期待……"（摘自《等待死亡睡去》）；再如："如果葬我/请你赠我/一滴泪/我会还你一池清波/在你回去的路上/忘川河边我吟唱离歌/你不必哀伤/也不用落寞/我本就是广寒冰魂素魄/只因这/宿世情缘坠入婆娑/最后/沉溺在你的/爱河……"（摘自《魔鬼之眼——写于青海艾肯泉》）；还有"谁的委屈生生/聚怨成/这一池泪痕/在这长白山镜分鸾影/独守红尘/守候着一份/一份海誓山盟/一份前世今生的约定/连那守护的白头翁/也说不清/是命？/还是情？……"（摘自《长白山天池的梦呓》）。

我们从《洞庭观月》《鼓浪屿之夜》《玉门关叹》《张掖丹霞山的哭泣》《夜泊瓜州》《长白山天池的梦呓》《峨眉山月》《西安城墙》《梦回大唐——夜宿山西佛光寺》……之中看到了一个足迹遍及天南海北，吟唱涉及古今的凌寒。在其中，诗人个性得以张扬，同时意象的地理性也得到了拓展。《陌上花开：凌寒文集2》有着太多亮点，三言两语无法描述，真要细细阅读，方有所得。诗歌是凌寒生活经历的书写和缩影，不同年龄、有着不同经历的人，阅读过后必将有不同的感触和收获。

最后，愿凌寒"一发不可收拾"继续创作和出版《凌寒文集》系列。

2023年12月15日于佛山

年末的意外之喜

◎陈婷

就我的经历而言,"林永望"之名,似乎是一个"传说"。因为以前和报社的前辈聚餐,偶然会听到前辈们说"如果是林永望,可能会这样做……"我从前辈们的话语中,听出了他们对报业"黄金年代"的怀念,以及对结下的"革命友谊"的骄傲。知识青年肆意挥洒才情的美好时光,着实让我们这些后辈们神往不已。

根据前辈们零星的话语,我似乎拼凑出了一个不甘平庸、永远对世界充满爱与好奇、洒脱的诗人形象。我想象自己背着旅行背包行走于鲁朗,倏然听到某种呼唤,在一家客栈门口停下,老板沏着茶,笑着说:"我叫凌云客,要不要听听我的故事?"一段邂逅由此开始。

带着这份"想象",我翻开了林永望前辈的《陌上花开:凌寒文集2》。

文学创作是一场"对话"。书中,前辈把笔墨豪情挥洒在祖国大地,留下了对大好河山的赞美和憧憬,也留下了作为诗人的恒常的孤独与伤感。《玉门关叹》一诗中,"耳畔/似有号角声声/猎鹰划过长空/心潮伴随着战鼓阵阵/马鸣和旌旗"。诗人眺望苍茫,突然,历史的金戈铁马浩浩荡荡地穿过,兵家孤独,英雄埋骨,举杯祭奠,感谢先人成就江山千百年的壮美。在《峨眉山月》一诗中,诗人没有直接写山月之美,而是借李白、吕洞宾、郭沫若,赞美月亮如飘逸的婵娟,可望不可及。然而诗人没有止步于赞美,而是希望跟随古人的脚步,学习他们的豁达。但是最终没有成功,回首幕幕往事,发现自己还是一名俗人,抵达"彼岸"的机缘还未到。李白曾言,"夫天地者,万物之逆旅也;光阴者,百代之过客也"。走遍江山,最终也是栖居一隅,时光匆匆,能把握的只有当下,孤独才是生命恒常的状态。这种状态也常见于林永望前辈书中。在《人生如戏》一诗中,诗人"携酒独行",以"生""旦""净""末""丑"五节,写世事无常,情深缘浅,风刀霜剑,这正是每个具体的生命都要经历的。我们每个人,不都是在人生这台孤独的戏中轮番扮演着生旦净末丑吗?尽管如此,诗人还是告诉读者，除了孤独，还有希望，稳住内心的力量，方能见识天地之宽广。

　　林永望前辈曾是我国援藏大军的一员。援藏这项伟大的事业，留下了无数干部辛劳的汗水。书中第六辑《天空之境》，就是对援藏事业的赞歌。在《墨脱石锅》中，诗人赞美援藏干部如墨脱石锅般，质朴，坚忍，百折不挠。如今，墨脱石锅也穿越千山万水，"飞入寻常百姓家"，成为援藏事业的见证。

　　书中，诗人还写了对亲人的爱。对于父亲，诗人希望时光慢一点；对于儿子，诗人希望他能成为栋梁。亲情是人在这个世界上最具体的"连接"。亲人之爱在三代人中传承，也将铭刻在时光之中。

　　山河风光、历史沧桑、心灵奇旅、平凡百味……读完本书，我也完成了和诗人的一场"对话"，完成了一场诗和远方的徒步。文学创作是慢的艺术。在如今这个大家忙着"卷"的时代，前辈选择了"慢"。这也许就是"看山还是山"的境界吧。

　　感谢这份年末之喜。

　　佛山，也迎来了入冬的第一场降温。

2023年12月16日于佛山南海

陌上花开，可缓缓归矣

◎陈凯昊

友人永望热爱写作，诸体皆擅，诗文尤佳，著作颇丰。每隔数日，我总能收到他发来的新诗作，感情真挚，文笔晓畅，令人叹为观止。同为潮汕人，我与永望却结缘于雪域高原，共同的援藏经历，让我们在林芝一见如故，我亦视其如长兄。

初见时，与永望促膝长谈，从彼此的记者生涯开始，聊到援藏干部的经历，甚而聊到永望的儒商生涯。可以说，永望职业上的多维跨越，为他的创作积累了丰富的素材。由此，也就不难想象，他的作品题材如此多样、意象如此丰富，他的创作如此纵横捭阖、肆意着墨。

《陌上花开：凌寒文集2》是林永望近年来的第二本文集。"陌上花开，可缓缓归矣……"这是吴越王钱镠的名句。寥寥九字，平实温馨，情愫尤重，可谓艳称千古。

永望的作品首重"真"。试看他的诗作《梦小楼》（节选）："背井离乡数十秋/颠沛漂泊/逆水行舟/一蓑烟雨问君忧/心未死/志难酬/剑折弦断甲胄旧/喋血满袖/辗转孤身望月蹉/不堪回首。"

我们知道，艺术作品的真实往往体现在对现实生活的描绘和对人性的剖析。永望的《梦小楼》通过深入挖掘内心深处的情感，让我们在欣赏作品时产生共鸣。这是他通过个体的感知、体验和理解，以感性的方式表达现实生活中的种种现象。

《陌上花开》分为三篇，最重要的是篇一——"诗说人世间"。这部分有诗七辑，包括"这边风景独好""畅想百味生活""心灵之歌"等。诗集还收录了他早年的作品，比如处女作《仙人掌——致父亲》、1990年创作的《孤独》等。

诗作《莫问归期——写在2022年的最后一天》（节选）："向来路/频频回眸……/泪/跟烟邂逅/把天机泄露/再聚首/如鲠在喉……"

诗作《梦回拉萨》（节选）："在无月的夜/海浪拍打着我的背/看星空清澈/海风抚摸着我的额/告诉我纳木措/低唱浅酌/盼归。"

这两首诗歌我尤为喜欢。这两首诗歌跨越民族和文化，将善良的价值观传播到全球各地，让人们在欣赏美妙旋律的同时，也能感受到人类共同的情感和价值追求。这是我认为永望诗歌的一个重要特点——善。

　　永望作品中所蕴含的善意，往往体现在对美好事物的追求和对正面价值观的传播。他将善良、正义、公平和爱等核心价值观融入作品之中，从而传达出积极向上的人生态度。

　　林永望的诗作，和他的为人一样，融形式美、内容美于一体。他通过美的形式传达作品的主题和情感。这是他作品的另一个特点——美。他的很多诗句都饱含古典诗词的意象、意境、意蕴，一些诗句甚至烙上了晏几道、柳永、李清照诗词的绮丽痕迹。永望能借旧瓶装新酒，对古典诗词进行嫁接、点化、淬炼。从这可以看出，林永望古典诗词的功底很深。他的作品具体有多美？有待诸君一一阅读。

癸卯年十二月十三于羊城

初读不知诗中意

◎何星星

也许是冥冥之中的所谓缘分，因为都选择了佛山三水云涧花园这块风水宝地作为日后养老的栖身之所，我有幸认识了佛山本土优秀诗人林永望君！

认识林永望君始于他发表在云涧花园邻居群里优美的深邃的诗作，同时配以精美绝伦的画帧以及悦耳动听的音乐，耳目为之一新，心容为之一震。慨叹林永望君如此惊艳之才华和鬼斧神工之妙笔，将诗、画和音乐这些美好的东西融为一体，绝哉！妙也！

诗乃灵魂，画作天地，音乐则为万籁之音。诗、画和音乐巧妙而又自然地创造了一个有思想、有色彩、有声音的全新世界，这个世界需要你去充分调动你的感觉、视觉和听觉，你就会读懂诗人林永望君那炙热、丰富而又广袤的内心！

"相思相见聚还散/秋风秋月绊人心/别时相思几结/问卿记否？！/落雪清晖愿此生……//谁为谁守望？/谁又为谁凝结？！/这千年的泪/这永恒的碑……"这入木刻骨的相思，这唯美绝伦的诗句，这生动而又伤感的场景，在永望君《陌上花开：凌寒文集2》中的《余生劫》一诗得到完美的体现。

从小，我就酷爱文学，立誓此生要为文学而献身，狂热崇拜托尔斯泰、屠格列夫、海明威、司汤达、大仲马、夏洛蒂·勃朗特……，还有中国作家曹雪芹、路遥、陈忠实、莫言……。曾经在那个逝去的青葱岁月里，我如醉如痴地吮吸着《复活》《战争与和平》《猎人日记》《老人与海》《战地钟声》《红与黑》《茶花女》《简·爱》《红楼梦》《遥远的世界》《白鹿原》《丰乳肥臀》……，为主人公的命运痛哭流涕过，也为主人公的宿命破涕为笑过。每看完一本小说，整个人仿佛重新活过一次，林林总总，我活过好多次，不同的是每一次都活成不一样的角色，相同的是每一次都把自己活成了疯子！

永望君在《追风少年——向中国共产党第二十次全国代表大会献礼》一诗中写"追逐梦想/追逐风的少年/扬帆起航/前路漫漫纵有磨炼/克

服困难百花争艳/向着光/向着太阳/让意志变得坚强/荣光和辉煌/就在前方",这不正是我在青少年时期所发之心的感触、向往和希望吗?只是生活给我的教训和打磨,让我少了棱角,而多了圆滑。这些,我也在永望君《上达的荔枝》一诗中找到了共鸣,"那荔枝树丫做的弹弓/也拉不回昨日/被弹射出去的时光/只有眼前/这盛开的荔枝花/还有,蜜香的甜味/耳伴嗡嗡的呼唤/归来!来归!……"

"母亲的苦难日/捏碎了/父亲的酒杯/在你的啼哭声中/盛满了岁月的苦酒/我/一干而尽/或许/沉沦/但绝不是苦笑/喜悦/刻划你所有的日月/人生/因你而丰满"——在永望君写给朋友女儿生日即席的诗歌《由我来天天变老——致YZLM生日即席》中,我回望来路,发现"捏碎"的不仅仅是"父亲的酒杯",还有我那个曾经年少的梦想。作为大山里头的农村孩子,出于对未来谋生的考虑,也许是随着年龄增长,男孩子禀性使然,我越发对自然科学产生了浓厚的兴趣,最终现实战胜了理想,我选择了理科专业,从业于家电产品设计行业,把自己活成了一个怪胎!——那就是活成了一个怀揣作家梦的理工男!而关于这点畸形的想法,也被永望君《白发当冕》一诗点破,"镜前老柏影阑珊/笑看/澹泊从容/昏睡醉书痴入梦/黄粱泪纵横……//风絮含远空濛/当年帘栊/染霜枫叶漂萍梗/星稀夜浓/雾锁长空/英雄难酬潇湘梦/叹华发早生/清愁枕边/柳条花影窗前/举杯寄苍天"。永望君真乃我的精神知己也!

过去一段时间,出于对文学的热爱,我对林永望君的作品,尤其是新作《陌上花开:凌寒文集2》,一有时间便会用心细细品味。在《问天——写于鲁朗凌云客》这一古体诗中,他是这样写的,"一江秋水天长暗,半月如钩霜满江;昨夜星辰昨夜梦,孤灯难觅旧时光。"这内心的直白和描述真不是在写我?难道我的代入感真的强到这种程度?有时,夜深时我为我有这种想法而羞愧……

"丈量秋的高度/洞影烛微/临风沐霭霞月皴/入耳吟语娇媚/淡扫蛾眉/最是痴情憔悴/怙终不悔/细嗅蔷薇"(《秋水》),这样的诗句,越品越觉其中深厚的功力和香醇的味道,由衷地佩服林永望君过人的才华和超高的创作技巧!

记得今年8月21日,永望君在其个人朋友圈上发表了《人间七夕鹊桥仙》一诗:"美人如玉/英雄千古/裹挟红尘纷扰/织几分繁华/几世江山/月升日暮/施阴布雨/缠绵眸湿几许/疼红烛玉枕/终须离散/花开花谢/几度凋碧?/百年云烟一刻/万千风流孤星泪/逐水飞鸿/今日/何地?/飘零……//坐读菩提/弹三千风月笔端/细数呢喃/瑟瑟芳华相思/妖冶/沉醉墨香箫音/轮回前世今生蚀骨销魂/听弦断/梦醒书写千年倾城……"（出版在《何处是归程：凌寒文集》）读罢新作，忍不住点评一番！

  我认为这是一首非常好的浪漫之诗，字里行间如有行云流水，山峦叠嶂，小舟划过字头，涛声穿过纸背，把巫山说活，把世间说全，把红尘说透！真应了"初读不知诗中意，再悟才知初恋竟是诗中人"，岁月如奔腾之江水，时光归位青葱岁月！回想过去，曾多少次从她窗前有意飘过，目光闪过那乌黑的明眸，心如撞鹿，用眼温暖她时刻，用心守护她一生！但岁月呀，无情地流淌，沧桑化作皱纹，写满了彼此的脸庞，唯一不变的是心中那份牵挂和思恋！真的好怀念二十世纪八十年代的风，九十年代的月亮！那山，那水，那石板桥，还有河水静静地流淌！……有时，真想回到那个情窦初开的时光，不经意回头，她还站在窗前，明眸里闪灼着期待的目光！……

  读诗识人，人如其诗。

  后来，在与林永望君的频频互动中，我逐渐了解林永望君具有丰富的人生阅历和丰硕的文学成就，他既是省级作家协会会员，又是国家级摄影家协会会员，同时还是市级书画协会会员。他本人先后在党政机关和新闻媒体工作，还作为广东省第六批援藏干部进藏；其爱好广泛，先后在国内外媒体上发表新闻、诗歌、散文、小说等作品共1000万余字，难怪在文学上达到如此高的水平和程度。由衷佩服！

  在对林永望君作品的拜读、细味和思考的过程中，我的心中却有不一样的林永望君，他正直豁达，谦虚友善，对生活永远充满激情，勇于探索和思考，这正是一个优秀的诗人应该具备的品质，也是激发创作优秀作品的源泉！故而我对林永望君发自内心地钦佩，也为有这样的邻居和挚友而感到自豪！

  我始终认为，一位优秀的诗人，一定首先是一位德艺双馨、人之楷模的人，如果说是思路决定出路，那一定是人品决定作品，我心目中的林永望君就是这样的人！

  在此，再次向林永望君《陌上花开：凌寒文集2》的出版和发行表示祝贺。同时，也为其即将面世的《行吟中国：凌寒诗文精选》和《挂在天上的琴弦：凌寒文集3》提前祝贺，相信这两本新集的面世，一定会体现它们本来的价值和散发出它们应有的光芒！

2023年12月8日于柳州

典雅中透着古朴芳华
——解读林永望新作诗歌《比月光还要温柔……》

◎伦雄良

癸卯年十二月廿九。

在龙年新春之际，诗人林永望新作《比月光还要温柔……》一诗面世。细细品读，该诗意境高绝深刻，诗歌技巧应用娴熟到位，典雅中透着古朴芳华。我们不难发现，整首诗歌充满了浓厚的情感和生动的意象，展现了诗人对生活的深深热爱和对美好事物的敏锐洞察力。

以下，本人试图从自身片面的理解和浅识对这首诗进行解读，不当之处敬请方家见谅。致歉意！

首先，诗的开头"比月光还要温柔……"就设定了一个静谧而深情的氛围。月光常常被视为浪漫、温柔的象征，而诗中的"你"则比月光还要温柔，暗示了"你"的独特魅力和重要性。接着，诗人通过描绘"繁花映梦"的场景，进一步展现了"你"的美好形象。

"你来到我的窗前"，这里的"窗前"可以理解为诗人的内心世界，象征着"你"进入了诗人的生活，成为他生活中的一部分。"那灿烂的笑容，像极了冬日里的暖阳；有如精灵，落入凡间。"这两句诗用具体的形象来形容"你"的美丽和善良。冬日里的暖阳是温暖的、给人希望的，而精灵则是纯洁的、充满魔力的，这些比喻都强调了"你"的美好品质。"一夜流影浮动，唤醒绿浦眸眼十里红妆！"这里运用了夸张和对比的手法，将"你"的出现比作春天的到来，带来了生机和活力。同时，"十里红妆"也暗示了"你"的美丽和盛大。

在接下来的诗句中，诗人通过描绘时光流逝、岁月变迁的场景，表达了对过去美好时光的怀念和对未来的期许。"看时光，走过岁月。掬捧潋滟，桃红成雨滴答应眉间。"这里的时光和岁月都是抽象的概念，但通过具体的形象表现出来，使得诗句更具感染力和画面感。"烛泪温酒煮雪，水陌轻寒；星斗月华挎山峦，读寂寂旧愁无限，可曾向晚？影阑珊。"这几句诗运用了丰富的意象和修辞手法，表达了诗人内心的孤独和寂寞。烛泪、温酒、煮雪都是冷色调的意象，暗示了诗人内心的寒冷和苦闷；而星斗、月华、山峦则是宏大的自然景象，与诗人的渺小形成鲜明对比，突出了诗人的孤独和无助。然而，尽管诗人内心有着深深的苦闷和孤独，但他依然保持着对生活的热爱和向往。

"漫步雅江畔，静静地做一名读者，守护一瓣心香；任春风亲吻腮眼，把心事，笑成了满山粉颜欢靥。"这里的"雅江畔"和"读者"都是诗意的存在，暗示了诗人对美好事物的追求和对知识的渴望；"守护一瓣心香"则表达了诗人对内心世界的坚守和珍视；"春风亲吻腮眼"和"笑成了满山粉颜欢靥"都是生动的描写，展现了诗人内心的喜悦和满足。

最后，诗的结尾部分再次强调了"你"的美好和重要："剑已收，轩窗远岫。掌执锦带吴钩，忆昔日携手，再临江渚闲登木兰舟，旧重游。映照朱阑碧砌人归后，素取珠露丹青袖；笑倚画楼，轻按弦管，一曲风云数十州。着粉墨扬眉嘴角漾弧度，醉品冰肌玉骨生来瘦；下笔细描，暖烟轻柳。"这里的"剑""锦带吴钩""木兰舟"等都是具有历史和文化意义的意象，暗示了"你"的优雅和高贵；"一曲风云数十州"则表达了诗人对"你"影响力的认可和赞美；"着粉墨扬眉嘴角漾弧度""醉品冰肌玉骨生来瘦"等都是细腻而生动的描写，展现了"你"的美丽和魅力。

总的来说，这首诗歌是一首充满情感和意象的作品，展现了诗人对生活的深深热爱和对美好事物的敏锐洞察力。通过描绘"你"的美好形象和生活场景的变化，表达了诗人内心的复杂情感，对过去的怀念和对未来的期许。

2024年2月8日于禅城